路涛太

张永涛◎著

陕西新华出版传媒集团
太白文艺出版社·西安

故乡歌谣的传唱者

二十世纪九十年代,我在山清水秀的宝鸡山城工作时,在长寿山下的市委党校曾办过一期文学创作讲习班,全国各地的文学青年云集而来。现在活跃在陕西文坛的马召平、新闻界的李勇刚等人,都是那一期的文学青年。张永涛是那一期学员中年龄较小的一个。那时他一脸少年俊朗之气,在青涩的狂飙中有几分书卷气,不多言,爱看书,好发问。沉静而多思,内敛而纯真。

近二十年过去了,我们经常联系,不管生活发生多大变化,他都没有放弃对文学的爱好和追求;不管工作多忙,他总是津津有味地读书写作。乙未年立秋刚过,酷暑还存,他送上一本《一路清风》的文学作品书稿,邀我为他写序。这些年的交往,使我为他的创作而高兴,因琐事缠身一时难以聚神写作,更难以歉却婉拒而纠结,在这种不安的情绪下有了以下的文字。好在他对我的尊敬和友谊给了我可以畅言的可能。

永涛心地善良,缜密思考,为人谦和,处世低调,内心阳光,正直坦荡,在七零后的青年中,属超群者。他现供职于宝鸡公路系统,身处基层,情系公路,风雨兼程,一路走来,成绩显著。在搞好本职工作的基础之上,他把文学当作心灵的慰藉,充分利用业余时间创作。这些年来,先后在《宝鸡日报》《秦岭文学》《八九点钟》《陕西交通报》《陕西日报》《陕西工人报》《华商报》《中国公路文化》《路文学》等报刊发表诗歌、散文、小说等文学作品百余篇。

《一路清风》属散文、游记、随笔集,共计十五万字,收集作者近年来创作的五十余篇作品。该书分六个篇章,分别是:美阳记忆、古迹拾韵、品味山水、味蕾人生、心灵感悟、一路清风。永涛在乡土叙述中追忆往事,展示情感的印痕;在乡村倾诉中描绘人文历史、思考民族的价值走向;在村社文化的文学表达中凭吊历史、映照社会的发展趋势。

在这些散发着生命体温的文字中,有他童年对故乡天真烂漫的体验,有他青春少年对往昔岁月的热情拥抱,有他成年后对工作的执着和对人生的感悟。他写他生活中父老乡亲的勤劳与俭朴;他写土柱人生活的封闭和质朴;他写亲情的黏稠和融洽;他写陈仓塬上凤凰台的美丽传说;他写法门寺的晨钟读经、关中大旱的年馑以及扶眉之战。他表现普通劳动者的无私与善良。他写家乡的土塬、窑洞、小镇、河流、寺院、古碑、桥、路、白云、炊烟。他写古乡的自然风貌、历史变迁、人物传奇、文物古迹。这里有行者的攀爬、思者的神思、观者的超然。作者生活工作在路上,他写"砂石路变沥青路、水泥路的喜悦,有脚下路越来越干净和漂亮的自豪,也有成百上千个公路人的朴实和善良";他写童县长"每天早上起来,抓着笤帚打扫起县府的前院后院";他写"民国的炊烟,扶风的往事,还有路上的那一缕缕清风"。这里跳荡着一颗热爱生活、热爱生命、热爱故乡的赤子之心。

《一路清风》是一本说史写人记事的乡土教材。作品散发着一股泥土的芳香,青草的气息,陈年老酒的醇味,平常生活的情趣。其中的人和事都浸润着草根情。一种"劳动创造美"的历史价值观渗透其中。

《一路清风》像清风拂碧水一样清爽自然,作者给文字中灌注的感情是一种清新、清正、清纯、清亮、清明的感情,不带杂质,不带污渍,这里没有假大空的矫饰,没有"为赋新词强说愁"的做作,有的是像生活一样平凡、简约、清白、朴实的叙说,有的是在现实生活原则上的善恶、正邪、好坏、良莠的道德评价。

《一路清风》带有写实的意味,他写生活的真实、存在的真实、生命的真实、历史的真实、情感的真实、信念的真实。在真实中寻找散文美的内在韵味,是作者竭力追求的。作品中有狼人互持的角逐,有民国将军的赈济,有民间采风的奇遇,有田间地头的抒情,但无论是静态地描写还是宕荡起伏地叙说,都是建立在真实的基础之上的。

永涛的文字平淡,但叙述抒情平阔深远。他在《麦黄的日子》中有这样的文字:"月亮和漫天的星星开始将墙角的架子车照出了影子,车辕上,爷爷将他的黑布烟袋掏出来,捏一小撮放进他用了几十年的烟锅里,划火柴的声音打破夜的寂静,旱烟开始燃烧一个夜晚,我们却早已进入了梦乡。记忆中,那是一个丰收年。"

永涛的语言质朴、平实,但简捷、明快,富有情感的穿透力。他在表现生活的真实、表现情感的准确上下功夫。他的语言不华丽,但真切。他的叙述很平实,但动人。

《一路清风》图文并茂,在读图与识文、具象与抽象、形象与描写、画面与叙述中,有血有肉、有情有义、有声有色、有滋有味、有诗有画地展示了一幅乡村写真的情感图、生活画、人文像、社会景。

永涛还年轻,我相信他在今后的写作中,展开丰富的想象,一定能写出更新更美的作品。

常智奇

著名文学评论家、研究员;原《延河》杂志执行主编;陕西省文学院院长

二〇一五年秋月于长安大明宫

七十年代人的新乡村记忆

这个夏季,收到个差事是永涛发来的厚重书稿,并嘱托我写个序。无论从纯文学角度还是社会影响力而言,我似乎都不是最合适的作序者,因为对他本人的熟悉,书又是写老家的事情,我就认真阅读书稿并应允写点文字,权当做个阅读的引子。

荣格曾说过:"一个人毕其一生的努力就是在整合他自童年时代起就形成的性格。"对一个文字工作者而言,其一生的创作多数都是在追忆童年。本书恰是一个七十年代人,对童年生活过的村庄历史变迁的记忆和思考。

没有求证过,我发现一个有趣的现象是,一个作家在四十岁上下的时候,喜欢写童年的村子、青春的故乡。看看鲁迅写故乡、社戏等文章都是在四十岁前后,贾平凹写商州系列也是在这个年龄,而且要仔细数数文学史上二十世纪七八十年代的寻根文学作家,大多数人也是在四十岁有写故乡的情结。四十不惑时,却发现村子里的老人、亲人都开始离去。生命在此有了缓冲和迂回,也多了几分感慨。

一代人有一代人的生活。七十年代物质匮乏,但是孩童的精神世界却无比充盈。教育没有功利性,孩子是快乐的,假期可以去村子的树林里掏鸟蛋,可以下田抓青蛙,可以把上衣脱下当口袋去偷桃子。这些美好的童年印象,让在村子里快乐成长的作者能够敏感地生活,能够用淳朴的乡村哲学发现村子里的真善美。所以出现在永涛笔下村子的一段残垣、一排杨树、一幢老房子、一座石桥都是美景。而那些残留的文字、石碑、篆刻则是乡村工艺美术的传承精华。尤其是作者用自己的视角,详细寻访,流淌在纸上的民国文字是那么地引人入胜。

永涛自己这么注释着:"村庄里有一个世界,世界里有一个村庄。遥远的民国被村庄里的人们传说着,也被遗忘着。好在历史的踪影偶尔还能够被实物所印证。"这部分印证就是作者录入本书的"古迹拾韵"。这都是些旧故事旧物件,或许在地方志里都能看到,但作者讲故事的叙述方式仍让人痴迷。严格来说这部分文字我早前读过,2008年我在主编《华商报·今日宝鸡》时,给永涛安排了一个专栏,想重新整理传播宝鸡这个厚重皇土上的古迹文化。依然浮现眼前的是永涛很勤奋也用心,不光参考史书,而且每个周末开着小面包车,去穿乡走村触摸访问,亲自考证这些被遗忘的小地方。像书中的益门雄镇、凤凰台、凤女楼等莫不如此,这种探访和记录是有价值的,对一个城市而言,是在写宣传片,对一个民族的历史而言,是在传承。尤其是宝鸡,这个周秦文化发祥之地,一段古迹讲述的往往是一个民族或一个王朝的兴衰史。拜访古迹并去讲述,难免引经据典过多,把握这么厚重的文字也并非易事,永涛做了一些有益的探索,于故事里阅春秋。

一代人也有一代人的思考。在此意义上,永涛生于1976年,时值三十九岁,恰好是到了七十年代人对故乡有思考的时期。在七八十年代的中国乡村,天蓝水绿、情感朴素、经济羞涩,由人民公社生产队再到家庭承包责任制引起的社会变革，把中国带入了一个快车道，农村和这个社会一起发生着巨大变化。变革是一种进步，同时又会有阵痛，例如忙于生计人情变得淡漠，人群从乡村奔向城市造成了乡村文化传承断缺，重新走回村子的"两栖人"，作者的乡愁融入了对乡土文化流失的担忧，融入了几多无奈和几分心酸。于是我们看到作者对村子有意识地踏寻和追问："每次回到故乡，我都有不同的感受，很多人物、事物都在变化中，不仅仅是那些活着的老人或是刚刚逝去的老人，就连村子的那些树木也在不停地长高、变色，甚至被砍伐。而那个承载村民们不少记忆的涝池，也渐渐地缩小，直到后来干涸。"

我常想，七十年代人的乡愁，很大程度上来自于内心世界的敏感与分裂。小时候在乡村生活，长大后随着考学、工作在城市生活。他们融入城市大都是"1.5"版或者"2.0"版，这个融入常常会有点内外不搭调。他们是走在城里有记忆的乡下人，他们又是活在乡下有文化的城里人。本书的"美阳记忆"章节，"土柱人家""金黄日子""故乡的青铜"，无论是长在乡村土地上的庄稼，还是埋在地下面的"毛绿怪青铜"，抑或是六爷的胡须，作者都是在借物思考，完成对故乡的思辨，在叩问自己灵魂游荡四方还是安家扶风。这似乎又是作者在叙述中完成了人到中年对哲学命题的思考：我要到哪里去？作者写道："有人说，灵魂就是一股气体，飘荡在故乡的四方。"

七十年代的记忆将是本书内容耐看的构成部分。永涛的文字让人读后有种想站在扶风大地上跺脚两下的冲动，一下为了地上的枝叶摇曳，一下为了地下的青铜回响。无论作者对时代的思考是否合乎节拍得到答案，但是他对乡村的记忆是美好的，流淌在稿纸上的文字是有温度的。

"我们的悲哀就是忘记的太多、太快。一穗麦穗一秆茎,它根本就来不及仰望天空就发黄了。爷摸着一把黑白相间的胡子说,春乃万物生发之季。但多年后,我仍然不明白,爷当时抹掉的是岁月,还是藏在胡须上的黄土颗粒。"

永涛说这些文字是自己对故乡的一个情结,是一个交代。不可否认,书里的不少文章,多少都有点文化寻根的味道。贾平凹曾在创作谈《卧虎说》中认为,寻根文化应该"以中国的传统的美的表现方法,真实地表达中国人的生活和情绪"。

自然、生命、传统是永涛本书中出现的主体,周秦汉唐土地的厚重,让他不断地返回扶风村庄,寻找传统文化的突破口,给自然注入灵性,期望找到充满个性的我。如果可以把永涛的文章算入寻根文学,那这是对他自己的一种鼓励和鞭策。寻根文学出现后,每一代人开始了不同的思考,多样化的表现方式,促进了文学的多样化发展。永涛抓住了扶风偏远村子的民俗、故事,但作品对当代生活的价值思考需要再深入。上大学读文学评论时有一句话:文学来源于生活,必须高于生活。瞬息万变的时代,同样,文学的价值还在于要很好地服务于生活。年龄在长,希望在永涛的下一部作品里面,能听到更多地流淌自心间的声音,这是我对永涛和自己文字的一种期待。

一路清风,这既是书的名称,也是书中一个章节的名称。这样的命名很有艺术。永涛的工作是管路养路的,陕西公路经过这些年的发展,路畅景美,路上自然清风徐徐。另一方面,在人生的道路上,永涛可以说是在养路管路之外,他练书法喜国画勤于写作,做着一个又一个的艺术梦,有梦有追求,人生之路自然也风生水起。很喜欢永涛为公路人写这个栏目的文章,不管是清理涵洞的养路工,还是带他入门憨厚敬业的老班长,人物形象跃然纸上,还有公路塌方后的集体抢险的群体画卷,好的文字就应该真实地记叙生活。

胥建礼

著名媒体人,曾任职于《宝鸡日报》《华商报》《南非华人报》。现任中非丝路产业合作促进中心执行主任、南非里格·佰乐威葡萄酒庄执行董事、总经理。

二〇一五年八月于南非开普敦

目 录

知道吗
总有一天
我会忘记一切
你也是

而忘记无非是一种
等待
风华仅仅只是流沙

时光不经用
你我都只是匆匆
过客

美阳记忆

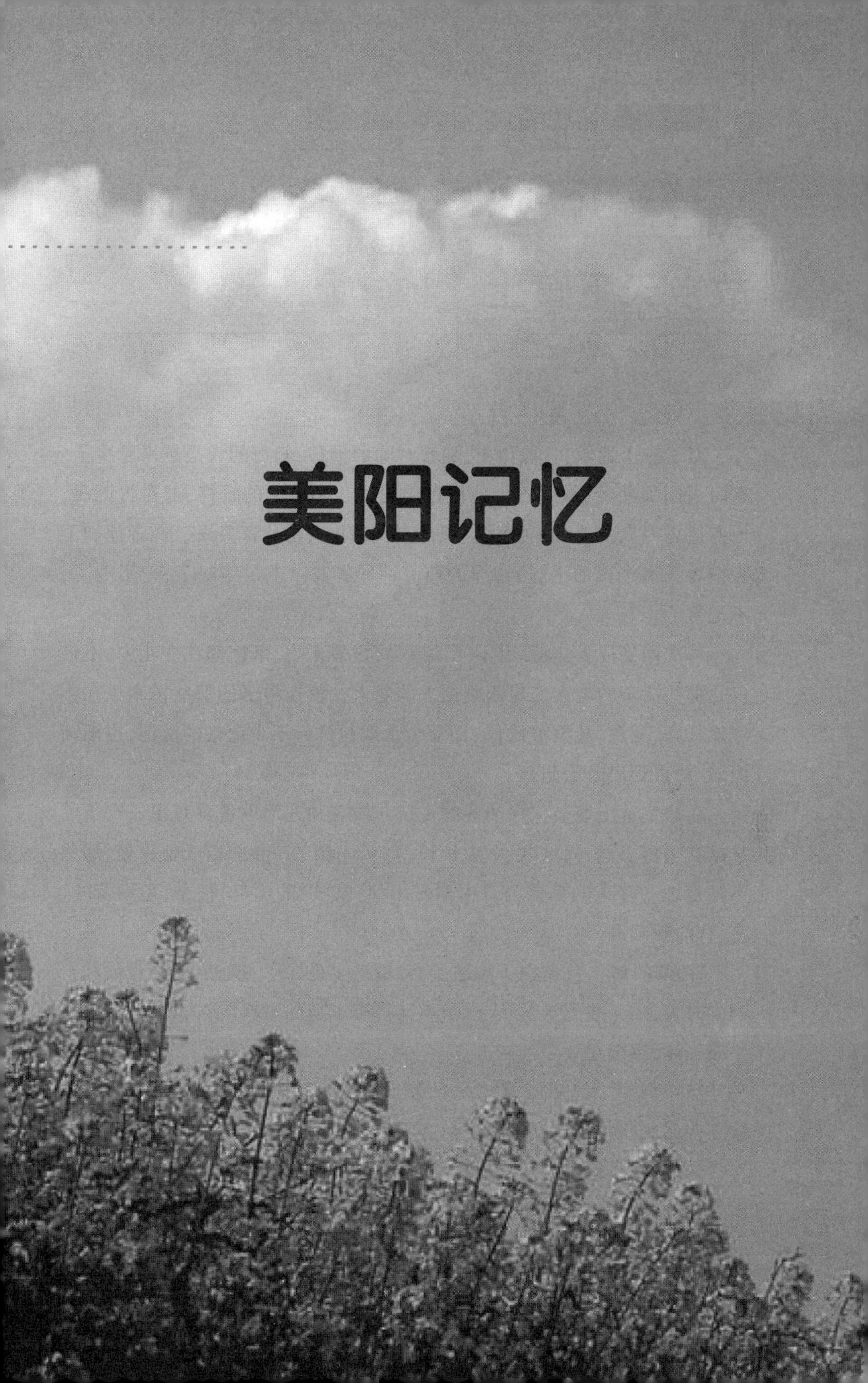

故乡天下黄土

对于一个地域、一段历史,随着时间的推移,知道的人是越来越少了。有时去问那些经历过的人,他们迟钝的语言和木讷的眼神,都在告诉我,他们遗忘得太多太多了,而能够回忆起来的,只是片言只语。或者他们干脆摆着长满老茧的手,用浓厚的西府话回答我:"上了年纪了,记不清了,不记得了。"

每次回到故乡,我都有不同的感受,很多人物、事物都在变化中,不仅仅是那些活着的老人或是刚刚逝去的老人,就连村子的那些树木也在不停地长高、变色,甚至被砍伐。而那个承载村民们不少记忆的涝池,也渐渐地缩小,直到后来干涸。

在这片黄土地上,绿油油的麦苗儿鼓着劲儿汲取着日月星辰赐予的甘露,叶、茎、秆长长歇歇、歇歇长长。翻了一茬又一茬的黄土地深处,那些不知道埋了多久的骨骼与青铜器发出"咯吱吱"的响声,很小,还不及叶、茎、秆的呼吸声。

许多年以后,骨骼白了也脆了,青铜锈了也绿了。或许,那些骨骼和青铜同时入土,又被肥沃的黄土孕育,又都有了新的灵魂。有人说,灵魂就是一股气体,飘荡在故乡的四方。

当年那些"骨骼"还为一头牛争执不休而去拜见过文王,文王的忠言教导使那些"骨骼"面红耳赤。何必呢?让他三分何妨!

渐渐地,车轮压过的痕迹重复在同样的乡间小道。那些道路的下边就埋着爷爷的爷爷,或者更遥远的先人。耳边又响起故乡的话:"咱是周公爷的子孙后代!"于是又想起连同先人一起下葬的那个灰陶罐子,只是多年以后,不知插在罐子中歪歪斜斜的那棵青葱,有没有继续生长开花结果?

我曾经问过娘,埋在黄土地里的罐子啥时节又能从地下钻上来?娘摇头的同时用柔软的手来堵我的嘴。

我想,最好是在春季吧!对,就在那个季节,爷摸着一把黑白相间的胡子说,春乃万物生发之季。但多年后,我仍然不明白,爷当时抹掉的是岁月,还是藏在胡须里的黄土颗粒。

黄土从西北那边的坡头被风刮来,坡头越来越瘦,甚至叫人可怜。那些酸枣、枸杞、榆树、柳树,还有燕麦、茼蒿、艾草、荠荠菜、碗碗花,却随着四季在坡头摇曳着,生长着,显得如此硬扎。

又是千年过去了,从遥远天边刮来的尘土埋葬了村庄许多的印迹。而那些曾经健壮的骨骼,依旧在这片土地下。骨骼在细微的声音里追忆过去,是周?是秦?是汉?是唐?后来又穿越许多个朝代,到底是谁的血脉延续?要和这片黄土地一同呼吸!

黄风歇息了下来,灰尘依旧撒落在了五谷上。爷问我:"五谷是啥?"我摇头。爷皱起失望的眉头,额头深深的褶皱,分明是用刀割的。爷说:"麻、黍、稷、麦、菽。"我说:"咋写哩?"爷叫我伸出手掌,用手指头一笔一画地写给我。毕了,爷又说:"知道三皇不?"这次,我自信地说:"尧、舜、禹。"爷说:"天、地、人。"我挠头,后来点头。

故乡天下黄土,或许,我对故乡的认识是肤浅的。

土柱人家

在没有来土柱这个地方之前,我不知道还有这么奇怪的地名。

在扶风县北部的乔山脚下,杨珣墓和土柱在同一块大石头上标注着。一个深秋,天上的白云一朵追赶着一朵。我漫步在无名沟底那绿油油的麦地里,看到不少直溜溜立在沟底的土柱子,高低粗细形态各异,看上去是长年自然雨水洗礼而成。我想,土柱这个名字大概由此而来吧。

我沿着一条弯曲的山路爬上去,一棵老槐树孤零零地耸立在土壤边缘,树上的叶子早已落了个精光,只有树枝儿朝天空自由伸展着。由于没有了叶子的遮掩,那个看上去有老碗大的鸟窝就十分清晰,像一个大草球,夹在树杈中。一只背上发黑、肚下却有一片白毛的喜鹊就停留在鸟窝上方的树枝上,脑袋不停地晃动着,发出喳喳的叫声。

我是上了坡才发现刚走过的沟对面土崖上站着一个男人,我招手喊他,师傅,杨珣墓在哪里?喊了两声,那个人似乎才明白过来,他朝西南边指着,嘴里好像在说啥,但我听不清楚。我又喊了一声,而他重复着同样的动作和语言,我才反应过来,他大概是个哑巴,我朝他指的方向走去。

一孔接着一孔的窑洞,凌乱地摆在土崖的边上。那些很久没人住的窑洞口塌下许多土疙瘩,大小不一。洞口被人放了酸枣树枝。黄色的野菊花在崖上铺了厚厚一层,让一孔孔土窑洞有了生机。

一只狗汪汪地叫了起来,让我知道了前方还有人家。于是我壮了胆子继续顺着路的印迹走着,又拐了一道弯,狗发现了我的身影,叫声就更加嚣张起来。那条大黄狗是被铁链子拴在一棵柿子树下的,树下有主人给它搭建的窝,窝前的食盆这会儿被它踢腾得在地上打转,发出叮当的声音。狗脖子的项圈每勒一下,它就把两个前爪腾空一次,但叫声始终不示弱。

从柿子树旁走来的中年妇女吆喝了两声,大黄狗才停止了叫声。妇女朝我走过来,身后跟着三个小男孩,一个比一个高出半拃。妇女笑着说,来咧!我也向她问好,并说,这地方就住你一户人?妇女说,都搬走了,就我一户了。我说,都搬哪里去了?妇女说,你看这周围不是山就是沟的,种地又没多少收成,都朝山外搬了。我说,这三个娃都是你孙子?妇女说,都是我孙子,一个他爸出去打工,在省城,不经常回来。一个他爸是哑巴和我老两口住在一起。娃娃们都是我和他爷给带着。我说,那挺辛苦的啊!妇女却笑嘻嘻地说,自己孙子,都疼爱得很。

我拿出相机,准备拍照。妇女说,你那个能照不?我笑着说,当然可以啊!妇女说,照了能当场给我不?我说,那不行了,回去还得冲洗出来。妇女说,哦,那你给我这三个娃娃照个相。我说,能成。妇女对娃娃,你三个都站好,站一摆子,叫你叔给你们照个相。稍微大点儿的娃娃很快就站好,仰着脑袋朝我的相机望着。而那个个头小、裤子几乎要掉下来的娃却突然哭了起来。妇女说,不怕不怕,是照相哩,没事的。那个娃娃的哭声不但没有小,反而更加强烈了。一边哭一边甩着右手,嘴里呜啦地说着疼、疼,蜂、蜂的话语。我急忙去看娃娃的手,手指头上有个小红点儿,大概刚才是被蜂蜇了一下,妇女急忙蹲下身子,用她的手使劲地挤着小娃的手,接着又用嘴巴吸着。片刻后,那娃娃还真止住了哭声。我说,到屋里找点儿大蒜给抹一下就好了。妇女说,走,进屋里看看去,看看我们这山里人住的地方。

低矮的门楼让我有些吃惊,大概只有一人高吧,要是高个子人进这户人家,一定是要弯腰的。两扇门是藤条编织的,横竖交叉密密麻麻编织到一起,左右各一块,用手推起来,倒是很轻松。进了门迎面看去,那个低矮的照壁中央供奉着土地神,大概是过年时候贴的对联,现在已经掉了色。

妇女进了院子就喊着,他爷,来人了,来人了,你下来。我这才朝她喊的方向看去,一个瘦弱的男人站在南边院墙旁的土堆上,正在用铁丝扎着一根根木头桩子。他说,人忙着哩,喊啥呢?妇女又说,给你说来人了,你咋还不下来。

男人扭头看见了我,笑着点了点头,放下手里的活儿,从土堆上跳了下来,站在我面前。他说,你看前两天这雨下的,把院墙都下倒了,我这才整修哩。说话间,几只花土鸡不知道从哪里窜出来,从我们眼前穿过,朝北边的羊圈跑去了。羊圈实际就是在崖边的窑洞口围了一个栅栏。男人接着说,窑洞不用了,就养了几只羊。我朝羊圈走近,羊见到生人跑进了窑洞。

指着他家院子的一间平房,我问,这个房子是啥时候盖的?男人说,是1983年,过去是村的仓库,我买过来的,当时花了一千二百元。那年,雨把窑洞下塌了,这才盖了前面的房子。我说,都搬走了,你咋不走。男人说,搬别处去没有地,农民没有地不行,我在这里种有十五亩地,都是山地。

女人端着一碗核桃走过来,说,给你吃核桃,我说给一个就可以。女人却说,你吃,自家产的,多的是,你看那边地上晒的都是核桃。我朝一边地上看去,满地的核桃。我吃着核桃,说这地方真清静。男人却说,那一年拍电视剧《封神榜》,还在我这窑洞里拍过,一个神仙受伤了,就是被人抬到我这窑洞的。说着,男人指了指那孔窑洞。妇女笑着说,就是我掌柜抬的神仙呢。我惊讶,看来这地方还挺热闹的。男人说,就是,当时拍了两个多月哩。我说,那边地上晒的是啥?女人说,这里面的仁儿是一种药,有人来收呢。我用手拨拉地上的那些草药,却叫不上名字。

我想起我是来找杨珣墓的,起身要走,妇女却不知道啥时候把核桃装了满满一塑料袋,递给我,并说,你把核桃拿上。我摆摆手说,这坚决不能要。妇女说,别嫌核桃不好,今年雨水多,核桃没有时间晒,看上去不好看,经得起吃,你拿上。我一再推辞,妇女丝毫没有退让的意思。我接过了核桃,刚走出门,掏了二十元钱,硬塞给那个被蜂蜇了的小孩,妇女却迅速地把钱拿过来又塞给了我，我们推让半天，妇女是无论如何都不接钱的。我说，就当我给小孩子买了食品。她却说，那也不能要，接钱的话就不是我们山里人了。听到这话，我不再推让了。

出了门，我又回过头问，杨珣墓在哪里。男人说，前面岔路口朝右边走，大概五分钟，到了沟边朝西看，对面山包上有许多松柏，那就是杨珣墓。都多少年了，不知道是真是假，叫我看就一个土包。

我朝男人说的方向走去，眼前一条深沟把我和杨珣墓隔开，终归是不能走到杨珣墓跟前去看的。太阳斜照着对面山上苍劲的松柏，就像男人说的一样，那只是一个土包，或者，就只是一个传说。

我想起在来的路上，在哑巴给我指路之前，还曾遇到过一个年轻人。我上前去问他：杨珣墓在哪里？年轻人说：杨珣墓是个啥东西？我惊讶，他大概是听错了。我说：杨珣是个人，不是啥东西。他说，我不认得杨珣。我说，你肯定不认得，他是杨贵妃他叔，离现在都一千三百多年了。他不愿意听我说，扭身走了，我笑着摇了摇头。

后来，我只得继续朝前走，直到又看见那块上边写着："杨珣墓·土柱"的石头。

麦黄的日子

　　麦黄色像扎了根一样四处漫延,与我们的肤色一样,与我们的土地也一样,这是大自然的造化,是一脉相承的。而麦黄的季节像人吃饭的日子一样,不紧不慢,总要来到。

　　又是一个麦黄时节。身着蓝裤子、白衬衣,或许还系着没来得及卸掉的红领巾,在渭北平原那个叫周秦坡的乡村小路上,我手中提着绿色鸭嘴搪瓷壶,跟随着头戴草帽、拉着架子车的母亲,前往村东边的那一片麦地。母亲说:父亲忙着修公路,又不能回来夏收了。

　　火红的太阳晒得人几乎要蜕掉一层皮。爷爷带着大哥已将地头的麦子收割。大哥自然没有爷爷割得快,只见他们两个在地里画了一个"M"。二哥正在捆着麦秆,他将两小撮麦穗一缠绕就成了一根绳,将割好的麦子捆成小捆,整齐地堆放着。我将鸭嘴搪瓷壶里的水倒在碗里,水是甜的,母亲特意加了白糖,我喊他们来喝水。瘦小的二哥已经晒得黝黑,他在架子车下寻找着巴掌大的阴凉。趁着他们休息,母亲又上手了,她继续将那麦子收割。我不"认输",将大哥用的镰刀紧握手中,在母亲身旁也"小试镰刀"。母亲一伸手可以揽许多的麦子,她割的麦茬是整齐的,就连割麦时麦秆断裂的声音都是嗞嗞的好听。我却不行,小手下去抓不了几根麦子,割了几镰刀,麦茬不齐不说,掉在地里的麦穗比手里的还要多。爷爷笑着说,别逞能了,还是拾麦穗去吧。我当然不服输,继续着手里的"工作",直到一镰刀下去,将我的塑料凉鞋

割了一道口子的时候才明白,我的技术还差远着呢。还是拾麦穗去吧。

爷爷说:麦黄时节天气最无常,说变就变的,所以不要嫌太阳热,这可是割麦子最好的机会,这几天可不能做懒人,一定要抢收的,不然一下雨就没法收割了。爷爷的话自然是经验之谈。

太阳炙烤了一整天大地,渐渐无聊地向西落下,将一抹云彩照射得火红。我们开始将成捆的麦子装上架子车。车要装得多,还要稳当,这自然是爷爷的戏法了。一开始爷爷就给我们讲,要将架子车身装实在了,才能装得高,他抹着汗珠认真地装着,最后用麻绳前后捆绑。我们将一车车金黄的麦子拉向村东的打麦场码放整齐,一垛垛麦捆就像等待检阅的士兵。大哥已经在村长那里报了名,晚饭后拖拉机就给我们家碾麦子。拖拉机的车厢被卸掉,替代的则是长条的碌碡。

黄昏,燥热的打麦场惹来了漫天飞舞的蝴蝶,也惹来了像我这般大小的孩子。大人们或许认为我们干活是添乱,他们教我们将细铁丝圈绑在竹竿上,再将蜘蛛网缠绕后去粘蝴蝶。硕大的灯泡开始将整个打麦场照得通亮,拖拉机发出突突的声音在摊铺好的麦子上反复碾动着,麦粒开始脱离藏了一个春天的麦穗。不远处大叶子风扇飞速转动着,爷爷和哥哥他们将脱粒的麦子扫成堆,又在电风扇下扬麦,将那些麦粒中的杂物彻底扬去,最后,将一年的收成装进粗布口袋。

当我带着捕捉的蝴蝶来给哥哥炫耀时,他们已经将整袋整袋的麦子装上了架子车,爷爷则在地上拾着遗落的麦粒,一小把一小把地装进最后一个封口的口袋。哥哥打着哈欠,我跺着脚说瞌睡,爷爷却不紧不慢,拣拾最后的麦粒。

靠着西厦房的房檐,爷爷和哥哥他们喊着"一二三"将一袋袋收成卸下架子车。月亮和满天的星星开始将墙角的架子车照出了影子,车辕上,爷爷将他的黑布烟袋掏出来,捏一小撮烟叶放进他用了几十年的烟锅里,划火柴的声音打破夜的寂静,旱烟开始燃烧一个夜晚,我们却早已进入了梦乡。记忆中,那是一个丰收年。

　　回想二十多年前,在麦子收割之际,可以利用的现代化机械只有电灯、拖拉机、电风扇,其余大多都是依靠人力。今天,看到各式各样的收割机在田间地头奔波,几十分钟,一亩地的麦子就变成金黄的麦粒。看电视说,今年又是个丰收年,为之高兴的同时,我想,乡亲们对丰收的喜悦,我却早已无法体会了。

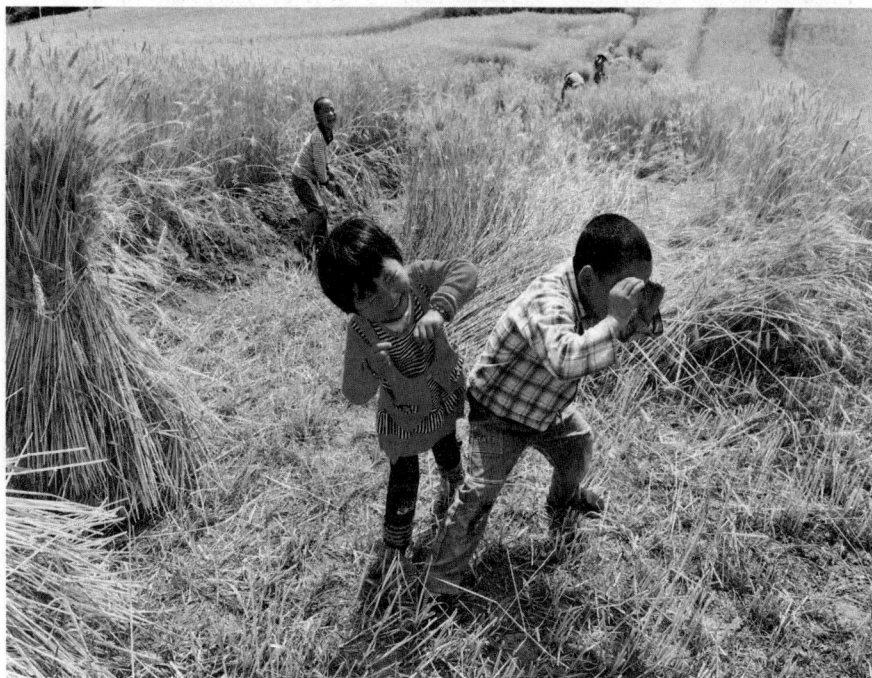

法门寺记忆

　　在我的脑海中,对法门寺的记忆是一分为二的。前一部分的记忆是法门寺地宫宝藏没有被发现前;后一部分是 1987 年地宫被发掘以后的。前者是个破落的小寺院,后者是一个宏伟壮观的佛国。

　　我的老家在距法门寺有八里路的一个村庄, 名字叫周秦坡。小的时候,在晴朗的日子站在高高的麦草垛上向北眺望,法门宝塔隐约可见。那时,在小孩子的心里,除了叫它法门塔,似乎没有别的任何意义了。

　　到了六七岁,每年的农忙以后,奶奶就带着我回娘家,而她的娘家就在法门寺的后边,所以村名叫寺背后。每次从西边绕过法门塔时,我就喜欢在这里停留。为什么呢,因为透过半掩的门板,我可以看见寺院墙角那些疯长的花儿, 比如月季、大理菊, 还有指甲花等, 当然还有些不记得名字了。

　　即使到了舅爷的家,吃过晌午饭,当大人们盘腿坐在炕头开始谈论收成的时候,我们一伙小的就开始往外溜了。一路追逐着,在村庄绕上几个弯儿,就会回到来时驻足留连的地方。穿过木板门,看到一排的平瓦房,房顶上面长满了那种我们叫作酸溜溜的植物, 墙角那些花儿在午后阳光的照射下相互争艳。偶尔会见到一两个僧人,记忆中,他们总是会微笑打招呼的,我们的笑声会打破这里的寂静,我们总是快乐的。这一切,在许多年以后,我依然记忆犹新。

　　有时在回家的路上,奶奶会给我讲一些法门寺的故事。她说,二十世纪六七十年代,全国上下都在闹革命,法门寺的和尚也逃脱不了这一劫,住持被红卫兵用麻绳捆着,身上披着五颜六色的布条,红卫兵高呼打倒牛鬼蛇神。住持的头被压得低得不能再低了。村民们被这场政治斗争搞得也是昏了头，没有是非观念了，他们围在学校门口的老槐树前，看和尚是怎样被羞辱。有人拿来腐竹说和尚吃肉，这可是从法门寺里搜出来的证据，住持心里明白，但他是不会说的。他只有沉默着，被每天到处押着游行了。面对失去理智的红卫兵，住持终于在法门寺宝塔前燃起一堆火，自焚了。

在后来的记忆中，不知道从什么时候开始，法门塔半面斜塌了，塔顶的大钟就放在了塔基东边的地上，有时候我们小孩子会去用手摸摸大钟，或者围着塔身跑圈圈，追逐、游戏。

1987年，当我们全家迁往城市的时候，这个世界奇迹在法门寺被人们发现。再后来，越来越多的人涌向那里，探索、发现、旅游，这个自大唐以后安静了千年的小寺院一下子轰动了，在中国，在世界，这里显得如此的神秘。

现在成人了，再去法门寺，早已没有了儿时追逐游戏的影子了。每次来到这里，除了和许许多多的善男信女一样朝拜、求福，几乎再也无法找回从前的任何乐趣了。

扶风往事

1 著名作家刘震云曾写过一本书,名字叫《温故1942》,后来拍成了电影,说的是1942年河南遭灾民不聊生的事儿。

然而,许多人很少知道,在民国十八年到二十年,也就是1929年到1931年期间,陕西关中也遭受了连年灾害,其中,当属扶风县最为严重。

那一年冬天,持久的天灾终于被冬日零星的雨雪浇灭了。时令有了好转,新一任的童县长也来到了扶风上任。可以说,自民国建立以来,扶风县一共派来过十五任县长,唯有童县长有着众人称道的口碑。或者说,是因童县长请来了朱子桥将军,扶风人才有了焕发生机的第二次生命。

童县长叫童曙明,家住西安城,满族人,祖上均为官宦。当初,他从宁强县卸任来扶风上任时,宁强县百姓给他送了一头红棕毛驴,可童县长心疼毛驴,于是一路牵着毛驴来扶风上任了。一路走走歇歇,别人走十天的路程,他走了二十天。

由于穿着简陋朴素,进扶风县府的时候,差员们都还以为是个贩驴的。

扶风县府大院中央原有一花园,种些腊梅、大丽菊、冬青,这些花草包围着一座假山。据说是清朝中期,有一届知县来自江浙,对花草奇石情有独钟,遂从家乡用骡马运来一些太湖石,亲自堆积假山一座。此前的几任县长的心思全用在了结交官宦、收敛金银、娶妻纳妾上。偏偏童县长是个性情中人,每天早晨起来,抓着笤帚打扫起县府的前院后院,待院子打扫完毕后,站到当院看看假山,再吟唐诗或宋词一首,然后回房办公。如此舒坦的日子只过了一年,唐诗宋词也仅吟诵三百有余。

　　一年后,扶风大地再次颗粒不收,蝗虫、瘟疫开始蔓延,童县长措手不及,他带着秘书、随从牵着红棕毛驴,站在扶风县周秦坡朝东看朝南看朝西看朝北看,眼前的蝗虫像洪水一样涌动着。童县长除了眼泪还是眼泪,发出感叹:"受命于灾难之年啊!"

　　身陷天灾之祸的童县长不再抓着笤帚打扫县府的前院后院,不再站在假山前吟诗,开始奔波免除百姓苛捐杂税。他给省府打了报告,但公文呈上三月,许久都未盼来免除税款的回复。

　　实在等不及的童县长骑着红棕毛驴,带着秘书去了省府。省府大人让座,童县长不坐:"扶风在我去年上任时,有十六万子民,现在不足十万,我不能成为历史的罪人。"

　　省府大人与童县长早年一起在日本留过洋,念在旧情,也不推诿,他只讲述了整个关中均在受灾,百姓无一不在灾难中。后来干脆说:"近日,华北慈善协会北平分会来陕赈灾,不如给你引见一下负责人朱子桥将军。"朱子桥是浙江山阴人,字子桥,名庆澜,为人正直,两袖清风,曾任督军,所以人称朱将军。

　　童县长说:"我这就去寻找朱将军!"省府大人急忙说:"朱子桥将军受华北赈灾委员会委托,专程来陕赈灾。"又说,"他这些日子在西安三原一带视察灾情,放粮赈灾,不如你住下来等。"

　　童县长说:"等不及了,扶风县现在每天都要死人,税收又重,望省府大人开恩给予免除,我代表十万子民先给您跪下了!"说着扑倒在省府大人面前。省府大人连忙扶起了童县长,并给朱子桥写了封亲笔信。

　　童县长离开省府大院,一见秘书就说:"跟我回趟家。"秘书说:"西安还有你的家?"童县长说:"祖上留下的宅院,自打去了宁强县,就租了出去,顺道看看。"

　　二人牵着毛驴,来到了城墙根的北巷口。正如童县长所言,秘书被童县长带到了一座宅院,里面住有人家,专做皮货生意。住户一看是童县长回来了，十分高兴，说："有一年半都没有回来了，怕是高升了？"

童县长说："哪里高升，只是从宁强转到扶风了。扶风现在到处闹饥荒瘟疫，县府的差员连俸禄都没了。"

贩皮货地说："我以为当官都能捞到好处。"

童县长说："你是生意人，我当下缺钱，就把这院子连地皮带六间房子全卖给你。"

皮货商一听卖房子，高兴不已。他在前年就提说过这话，童县长没有答应，原因是童县长的祖上世代在此居住，留下的这院房屋，不想在自己手里丢掉。

贩皮货地就说："你开个价，咱好商量。"

童县长说："那就三万二千大洋。"

皮货商说："图个爽快，我答应，你写地契。"

童县长用了半天时间，将自己老宅院的一部分卖掉了。第二天一早，带着银元，骑着毛驴从西安返回，沿路寻找朱将军。打听到了武功，在半路上看见许多难民围着一辆大卡车，探问才知是朱将军刚刚发放完粮食。见一老妪渴倒在路旁，朱将军命司机打开卡车的水箱，司机噘着嘴说："要是卡车没有水，就无法行走了。"

朱将军说："救人要紧，到有水的地方再去加水。"

老妪喝了水，连连道谢说："善人！善人啊！"

童县长正是听到老妪把眼前这位身材高大魁梧的男人称为善人，他断定这人就是省府大人所说的朱将军了。

童县长还没有与将军打招呼，就双膝跪地声泪俱下："朱将军，总算见到您了。"

朱将军说："快起，快起，你有何事？"

童县长从怀中掏出来省府大人的亲笔信，展开给朱将军，朱将军看过，大意是省府大人建议他到扶风支援赈灾请求。

"扶风灾情我已从报纸了解到,即使你不来,我也正准备去看一番。"

童县长说:"我县实际灾情在关中最为严重,灾民百姓死亡之事时刻在发生。许多家甚至绝户。"朱将军说:"事不宜迟,我明日就去。"朱将军扶起童县长,童县长和秘书谢过之后,牵着毛驴往回返。

第二天一大早,童县长就携县府人员在扶风东关等候,灾民一听是等上边派来救济的官员,便来了百十号,一字排开跪在县城东城门两边等待。

半晌午,朱将军乘坐一辆大卡车如约赶到扶风,还未进城门,就看有些妇女黑脸黑身,连一片遮羞布都没有,见到有人全朝窑洞里面钻,往碌碡背后蹲。朱将军招呼司机停下车,自己脱了风衣,嚓嚓三两下,风衣被撕成了多片,送给几个妇女遮身。随行人员看到,也不约而同这样做起来。

老远看见大卡车开了过来,灾民在童县长的带领下连磕响头。朱将军连忙下车,说:"乡亲们啊,不必多礼,你们快请起。"路两旁的老少才相互搀扶着慢腾腾起身。

朱将军随童县长一起步行走到北巷道铁匠铺子的门口,就见两个成年男人正在追一个一丝不挂、满脸黝黑的男娃。一直追到药材铺门口,接着举起砍刀,男娃撕破嗓子地喊着救命,朱将军问怎么回事,童县长派秘书赶紧上前制止。秘书回来说:"把人饿的没法子,那两个男人饥饿难忍,想杀了男娃分肉吃。"朱将军心如刀绞,他感叹道:"世间还真有人吃人的事。"

到了县府添茶倒水后,童县长详尽地将扶风县灾情汇报一番:"扶风原有十六万人,死亡五万二千人,出逃一万二千人,灾民达到九万五千人……"童县长一五一十汇报情况,这些数字令人震惊。

朱将军于第二日返回省城西安,第五日又辗转到了天津。他以华北慈善团体联合会的名义,四处游说陕西关中遭灾,扶风最为严重,再加上动用他先前的关系,没用多久时间,募集到了一万匹土蓝布。接着,又提出

"募三元活一命"的口号,开展大规模劝募活动,社会各界人士纷纷捐款捐物。在此期间,《大公报》《益世报》等报均发专题或辟专栏进行报道,并定期刊登捐款者姓名及所捐款额。

朱将军的劝募行动还打动了寓居天津的大清王朝最后一个皇帝溥仪,他说:"我现在得不到政府补助,手中没有多少钱,我捐三千大洋至朱将军处,当我救一千条人命就是了。"

朱将军四处募集善款和救灾物资的时候,童县长也将县府的差员召集起来,在县府大院的假山前,童县长抱起双拳,说:"我童某人对不起大家,这多半年来,欠大家的俸禄,我今日一并发放给大家。"

县府差员一个个都摸不着头脑,他们想不到童县长竟然会突然有那么多的钱。大家小声议论起来。秘书知道隐情,含泪说道:"大家有所不知,我们的童县长把自己先人在西安太阳庙门留下的老宅卖掉,换这些钱,给大家发俸禄的。"说着呜呜地哭。

县府差员听了此话,个个推辞,都说灾难之年,无论如何都不要俸禄。童县长说:"不要推辞了,现在三元就相当于一命,你们家里都有老有小,当下正是需要用钱的时候!"

童县长这么一说,大伙泣不成声。这真是一个大善人啊!

2 灾荒,饥饿,令盘踞在扶风北山的土匪愈来愈急慌,以前打劫富户所储存的粮食日渐减少,如果再不采取行动,人心难稳。于是,他们像饥饿的老鹰一样四处寻找着目标。

朱将军费了一番力量终于筹集来五马车粮食,为确保安全,他派手下一个姓查的专员押送,准备将粮食从省城西安运到扶风,再分散给各乡公所,救济灾民。不料刚刚进入扶风地界,就被寻找猎物的土匪给打劫了。

被五花大绑的查先生气愤地说:"这可是赈灾粮食,多少饥民等待着,你们这些土匪,是会遭报应的。"

土匪说:"救济灾民,我们也是灾民,也缺衣少食的。"

查先生说:"我是省府派来的专员,你们可不能胡作非为。"

土匪说:"你不说政府专员还罢了,一说政府官员,那我们得把你也带上山,叫狗日的政府来赎你!"

查先生这才意识到说错了话,但已来不及了,土匪将他们一行绑架上了山,但又放了一个人,令他回去找省府报信,就说,桥山的土匪还需要三车粮食,另外再加二十杆枪。

被土匪放了的人找到朱将军汇报了粮食被打劫的情况。

朱将军气愤地说:"你再去告诉这些土匪,我朱子桥当年也是走南闯北、横扫战场,跟着中山先生打过天下的人,不要把我惹火了。"思索片刻,又接着说:"放人,放粮,啥事都没有,如果不照办,我就上山连土匪窝直端。"

传话的人又上了山,把朱将军原话传给了土匪头,这时候的土匪头才明白过来,这次打劫,不仅仅是省府的事情,重要的是朱将军的事情,也不仅仅是朱将军的事情,更是全扶风县百姓的事情。何况朱将军是善人,是专门来赈灾救济扶风的,我们怎么可以打劫他们呢?

土匪头连连摆手,不再说话了。当晚,查先生带着自己的人马还有五车的粮食,由土匪头亲自护送到了扶风县府。

转眼就到了秋天,扶风县有了好消息,朱大善人准备在城隍庙前发放秋种。人们殷切地期盼着这一刻的到来。

那天早晨,扶风县城隍庙门口被堵得水泄不通,男男女女,老老少少,这场面除

童曙明先生

了在多年以前的法门寺庙会上出现过,尤其是 1927 年扶风驻军陈发荣糟践了这座城池后,再也没有出现过这样的场面。

朱子桥和童县长在人们期待中终于出现。起先童县长讲话:"各位乡亲父老,由于我县连年干旱,闹蝗虫,闹瘟疫。这两年来,大批灾民无家可归,朱子桥将军来我县赈灾,这几个月来,发放布匹、衣物千余件,粮食超过二十万担。亲自带人,逐村入户,查灶观色,按灾情轻重发给银元,在县城、绛帐、杏林、崇正办粥场四个,每日早晨设摊施粥。朱将军就是神仙下凡,就是活菩萨!"

童县长话刚毕,众人哗然一片,在城隍庙外的石阶下黑压压一大片的男女老少们,齐刷刷地跪了下来。

站在童县长一旁的朱将军见此场面,立刻弯腰抱起双拳:"乡亲们,赶快起来,快起来!"

数以万计的灾民跪地,这让童县长热泪横流,他急忙用袖筒擦拭眼泪。朱将军唤众人起来,但众人依旧跪着。童县长就说:"乡亲们,你们起来吧,这些日子,朱将军特意联合平、津、沪、汉及东北各大机关家属募捐,为我们购买了粮食种子。时值秋播,我们不能耽搁时间,今日按照每户发放麦种子,每户可领取五斤。现在就可以排队领取。"

话刚说完,人群中就有人高呼:"朱善人,童善人!"

朱将军摆着双手示意大家停止叫喊:"乡亲们,这次麦种子发放后,各自尽快下种,最近,我和华洋义赈会多次交涉,他们同意来关西赈济。我们将组织大批老百姓去修筑西宝公路,以工代赈,每个工日可以发给大洋一块。"

"一块大洋!"人群再次沸腾起来。朱善人接着说:"当下,老天降灾难于民众,我们只有凭借自己的双手,来共同渡过难关。

朱将军是细心之人,这些日子,一边派人发放麦种子,一边到田间地头查看百姓播种情况,整日忙个不停。这走着走着就到了法门寺。

朱将军虽说到扶风赈灾有一段时间了，却因事务繁忙，一直没有到过法门寺。在这之前秘书给提供过一本清嘉庆年间的《扶风县志》，在县志中看到过有关法门寺的介绍，再者，少时熟读韩愈的《左迁至蓝关示侄孙湘》，在县志中又了解到大唐时期，迎佛骨之事正发生在此地。一直想去法门寺看看，因手头需要处理的事情太多，一再拖延，直到今天。

法门寺的住持带着朱将军直奔古塔，后来又到大佛殿、禅房、钟楼、鼓楼一一查看。住持不停地介绍着法门寺的古往今来，从隋唐说起，一直说到驻军陈发荣的破坏，朱将军耐心地听着。

住持说："偌大一个寺院，如今却落得如此凄惨，希望将军能给予帮助。"

朱将军在视察完毕后，召集大家坐在禅房商量方案。他当场说："寺院这边现在缺少生机，有这么多的房屋闲置，还有一些土地无人耕种。在县城的灾童院当下人数过千，吃住都成问题，不如我将一部分灾童迁到此地，就住在寺院，我们共同办学校，还算是灾童院的一部分。他们除了上课学文化，平时劳动，可以把闲置土地耕种起来，一方面能够自给自足，另一方面我们可以救济百姓。有了粮食就好办，到时候我们可以以工代赈，叫老百姓来共同维修古塔，给他们兑现粮食即可。"

住持听了将军一席话，茅塞顿开，就说："还是将军见多识广，看来我们的法门寺有救了。"朱将军说："如此一来，寺院有人照管，起码日常修修补补的事情还是可以做的。再者，教书育人是个好事也是善事。"住持说："那就请将军放心，我一定尽力！"

随后，他们又谈到将法门寺原有的院子一分为二，寺院还是原来的寺院，只是西边隔成灾童院，灾童院分男女两院居住，有保姆、教员十多人。教养院以"教养兼施，工读并重"为宗旨，设教导部、工业部，分别负责向灾童进行文化教育和传授工艺技术，共设七个班级。等一切计划到位了，朱将军又与住持谈到中国历代治乱兴衰的原因，谈到了当下贫富不均、时局不稳、军阀割据、民不聊生的社会乱相。

3 一尊石佛从法门塔上掉下来的时候,正是"逛三"铜锁路过的时候。从法门寺塔第七级上滚下来一尊石佛,石佛呈坐像,二尺来高,眉目清秀,铜锁惊喜万分将坐佛抱回了家。当天晚上,住持在回到法门寺的时候,发现第七级佛龛上原来的石佛不见了,再看地上散落的几块青砖和土渣,知道一定是石佛掉落下来,他急忙四处寻找,但将法门寺院子角角落落寻了个遍,也没有找到。

第二天,铜锁去扶风县的古董店里找人估价,对方出价三百,铜锁却觉得出少了。古董店主就说:"当下吃不饱穿不暖的,古董价格下滑,不好交易。不如这样,西安的书院门古玩大家多,我认识个高老板,专门收藏佛像,看他喜欢的话你直接卖给他,我只是牵个线,卖掉以后给我两成就行。"于是,两人相约,第二天一起去西安。

铜锁夜里住在扶风县城,好不容易熬到天明,两人抱着石佛,赶着马车,在车厢上边堆了些杂物做掩饰,一同去了省城西安。扶风距西安也就二百来里的路程,早晨走,赶天黑能到,但要在书院门附近再住一宿,又是一个难熬之夜。终于到了店铺开门、小贩出摊。在书院门秦风堂里,铜锁将佛像给堂主高老板看过。见过世面的高老板十分惊讶,做工如此精细的石佛,实属少见,以前见到一些佛像,不是品相不全了,就是石料不好,要不就有残缺不全,而眼前这尊佛像,石料是上等青石,且刻工十分讲究,线条流畅清晰,加之在法门寺塔中的佛龛里供奉,很少风吹日晒。二人谈价格,扶风县的古董店主从中间撮合,终以一千五百元成交。成交后,高老板还请二人在斜对面的秦风楼上吃了羊肉泡,连同夜间住店的钱都是高老板给掏了。

铜锁回法门寺村之前,在西安城里给老婆娃娃买了花布料,给自己换了烟锅。扶风的古董店主在中间拉了托,自然得到了三百块大洋。两个人欢欢喜喜地赶着马车返回扶风。

一边是美滋滋地去省城卖佛像，一边是心急如火地寻找佛像。住持心想，这石佛不轻，后半晌来寺院能转悠的，一定就在附近住着，所以四处打问。到了铜锁家打问后，铜锁老婆说铜锁去省城了，要两天才能回来。住持问铜锁媳妇："上省城干啥去了？"铜锁媳妇说："谁知道，他一天到晚不干个啥正经。"住持也不再多问。过了一日，住持发现铜锁回来了，身上穿的却和原来不同，新褂子新鞋，见人老远乐呵呵地打着招呼。

住持说："听说你前几天从寺院抱回去一尊石头佛像？"

铜锁一口咬定："不可能，我咋能将庙里的物品拿回自己的家。"

住持连续去了三五回，仍然没有结果，铜锁不承认。住持再去，铜锁承认了，说自己已经卖掉了。铜锁倒卖古佛像的事在法门寺村传得沸沸扬扬了，那些善男信女们不愿意了，他们都指责铜锁：不长记性，那年偷了寺庙的功德箱，今日又去偷佛像，会遭报应的。铜锁心里越来越烦，想到自己得到的大洋，便安慰自己，那石佛反正是捡的又不是偷的。

铜锁心里搁下的事，住持却没搁下，在多次找铜锁讨要石佛无果的情况下，住持想到了童县长。

一县之长，定会给个公道，于是，住持写了铜锁偷石佛的状子，递交给童县长。

对一个曾经在日本留学回来，且十分信奉佛教的童县长来说，追回一尊石佛像是何等的重要！童县长接到住持写的诉状，便亲自来法门寺查办。

风和日丽，法门寺塔下，童县长带着随从人员，召集来法门寺的男女老少，将古塔的历史讲述一遍，动员法门寺村的村民如果是谁拿了，现在交出来，县府不再追究责任。铜锁起初不想承认，但在村民的指责下，交代出了他将石佛通过县里的古董贩子已经卖给了西安的高老板。

童县长又找到古董店主，说："你二人一起去西安跑一趟，用我的驴子,将钱退还给人家,把石佛带回来。"一尊石佛的事情,竟然惊动了县长。迫于压力,店主也就答应再去省城一趟。铜锁卖石佛得来的银元在自家的炕头还没有暖热,就退还给了西安的高老板,自己还贴了路费。石佛在离开法门寺半月后,被童县长的毛驴驮回了扶风法门寺村。这一次,住持将石佛搬进了佛堂,供奉起来。

县城西北坡上,有一户耿姓人家,祖上留下百十亩良田,家里老小十余口。老耿六十岁那年,得了孙子,十分高兴,可偏偏这时闹了灾荒,一家人守着百十亩不长庄稼的田地,起初想外逃要饭,碍于面子,一直盼着老天开眼,可等来的又是蝗虫,把庄稼给吃光了。老耿爱孙子,看着孙子饿得骨瘦如柴,时常老泪纵横。那天上县城买了一大包砒霜,返家路上,遇到了童县长。童县长与老耿原本有过交情,去年刚刚出了瘟疫,童县长还动员老耿捐过善款救济乡亲,所以算是熟人。童县长问:"老耿,家里如何?"不说家境还罢了,一说起家里老耿当下哭成个泪人。一哭,还说不出来话,鼻涕眼泪一把接一把。童县长明白,扶风县这会儿是颗粒不收,十室九空。于是安慰老耿:"这灾荒挺一挺就过去了。"老耿开口说:"怕是挺不过去了。"他说:"只是可怜我的小孙子呀,我不想叫他们在人世间受罪。"又说:"我一把老骨头也想好了,刚刚买了砒霜,回去熬一锅稀粥,全家老小一喝,死到一块儿,全解脱了。"此话一出,童县长这才恍悟过来,一看老汉手里捏着的纸包,知道老耿是当真的。急忙说:"有啥过不去的,你家里不是还有百十亩地吗?"老耿说:"有地何用,连一粒麦子都不结。"童县长想想说:"你可以把地暂时卖出去,换些钱,一家人先躲过当下。"老耿说:"这年头,地到处都荒着,没人要。"童县长也犯了难,就问:"你家有多少亩地?"老耿说:"水地三十五亩,旱地四十亩,坡地三十来亩,满打满算,也就百亩出头。"童县长犹豫了一下,说:"不如这样,你报个价,我把你的地买过来。"老耿说:"我的好县长啊,这地放在前三年,好歹也值十万,如今我看也就一万。"童县长说:"那我给你两万,如何?"老耿说:"那不成,你要是买,就一万五。"童县长说："只要你不吃砒霜，我这就想办法兑现。"老耿激动地说："好，我听你的，这就把砒霜扔了。"童县长说："我出门时候带的钱就剩下十元了，不如现在给你，你先买些吃的，一家人等着你呢。"老耿收了十元钱返回药铺，退了砒霜，回家了。老耿一家大大小小十来口人有救了，童县长却犯了愁，原因是他自打卖了西安城墙根的老宅，把钱拿来发给了县上的差役，剩余的由老婆保管，期间也曾多次拿出来一部分资金救灾。这次说好买下老耿家的百十亩地，不是个小数字，他回去与老婆商量。老婆说："你决定了的事，谁都拦不住，就照你的想法办，不过我得给你说清楚，这是卖了西安老宅子剩下的最后一笔钱。"童县长还想说啥，老婆说："啥都不说了，谁叫你是善人呢。"

夜悄然过去，日子流走了。

童县长一大早牵着毛驴带着银元赶到老耿家，老耿昨夜已托人写好了卖田契，拿出来给童县长过目。童县长边看边念：

立写卖田契约人耿庚，今遂同子孙商议，将自己位于扶风县城西北处地段，东至西至南至北至四至分明，金石土木相连，情愿出卖于童曙明名下，永远为业，凭中言定，时值价洋一万五千元整，当日三面言议。银从契交，不欠分厘，随带地梁若干，所买所卖，此系两愿，并无逼勒，亦无负债。恐人言难凭，立此卖田契，永存为照。

老耿："随后去丈量一下。"童县长："不必了，你带我到地头看一下就可以。"待二人和中间人一起到地头看过，返回老耿家里，双方签字画押，让中间人签字画押，代笔人画押。老耿一家得救了，童县长却花完了积蓄，落下满县城人的交口称赞。

国民党扶风县县长童曙明第一次要走，乡民来了千余号人，跪在扶风县府，堵住往省城的去路；第二次要走，乡民拦道顿足痛哭；第三次马车出了县城，大家伙拉住车辕，痛苦挽留，童县长这次不得不走了。

后来县上乡民、绅、商三界联合给童县长刻碑留念，上书："与民休息。"这次，与当年驻守扶风的陈发荣给自己刻碑不同，陈发荣是自己给自己拟好了题辞"陈公发荣德政碑"，而童县长是扶风百姓自发给童县长树立一块碑作纪念。

4 古塔的正式维修时间是跟日本打仗的第二年，共花费五万多元，由朱将军四处筹集，其中三万元出自上海实业家李祖绅、李祖才兄弟，其余两万为各方帮助。在修建的时候，朱将军曾计划一并重修寺院，恢复大唐盛景，但是当时是在东北订的木料，由于日本人占据东北，无法运回，未得实现。

天显得燥热，雇来的村民在清理着塔基的杂物，准备给古塔进行加固。

下午时分，天气突变，乌云遮日。正在人们都劳作得有气无力时，王清远说："你看，哪里来的石板条呀？"大伙儿贴住石板条再继续挖下去，又一个石板条出现了，两个石板条中间有一道空隙，顺着黑洞洞一个健壮的少年抢先往下看去，别的工人仍然在继续着自己手里的工作。这一看倒是把他吓了一大跳，底下有一个神秘的世界，隐约中，他看到了石门，石狮子。他停顿片刻，悄声对王清远说："你看，下面是什么？"王清远趴下身子，朝两个石板条中间的缝隙望去，通过余光，他看到了一个金碧辉煌、五彩缤纷的世界。他惊呆了，这是什么，这难道是书上所说的佛教界最大的秘密埋藏地？容不得多想了，他立刻对少年说："保守秘密，暂时先掩埋住石板，你继续在这里干活，我去找住持。"两人当即商量，叫王清远去找朱将军。王清远没停脚步，直接赶到县城会馆，找到朱将军，将情况汇报。朱将军一听此话，说："我们必须保守秘密，你现在到现场，千万不能走漏风声，我们现在动身去看看。"

他们再次返回到法门寺，天已经黑了下来。朱将军来到现场，借着马灯的微光，看到地宫中的情形后他深感震惊。此前，他曾看过关于此地宫和里面有佛指舍利等珍宝的记载,知道这就是千年难见的国之重宝,任何人都希望能在有生之年亲眼目睹。

原来这塔下有一个梦幻般的世界,那些金灿灿的东西是金子吗?祖祖辈辈流传的塔下有水银池、金船和佛指舍利的说法是不是真的?无数疑问令心痒难耐的他们,盼着当时带队再次主持重建工作的朱将军下令砸开这碍事的石板看个究竟,可朱将军的反应让他们吃惊。他只说了四个字:与此无缘。

千年的秘密宝藏近在眼前,可朱将军二话不说要把它封存,甚至不让大家仔细看一眼。没人公开表示反对,因为对眼前的这个将军,他们每个人都怀着特殊的感情。

当夜,朱将军没有离开寺院,而是住在了禅房,并严肃地告诉住持:"时下,日本侵略者气焰嚣张,步步逼近西安,而西安距离法门寺也仅一百多公里,更别提近年来周围土匪强盗横行。"二人交谈到深夜,终于编造出一个故事:法门寺塔下有口万丈深井,里面有吃人的大蟒……一旦揭开,大蟒必将祸害百姓,到时候水漫法门寺,扶风城将变成汪洋大海。一传十、十传百,此后,有人说这下面是海眼,塔倒了大海会淹没关中大地;也有人说这塔下是龙脉,动了这塔,会给扶风人带来巨大灾祸和不幸……

法门寺恢复了平静,参建的工人们继续在依照图纸建造着。不久后,一座仿明代宝塔重新矗立在了法门寺村,在塔的南边正前方,朱将军还修建了铜佛殿,以供善男信女们朝拜。

为铭记此事,他们刻石立碑撰文:

佛法重因缘,造因起于人之心;而缘之成熟,与其时之迟或速,其间有不可思议者,殆非人力所能为也。重修法门寺真身宝塔之议,起于国历二十四年八月。时余方应朱居士子桥将军之约,视察扶风灾童教养院,道经其地,见夫塔之巍然挺立,历千数百年,风霜兵燹剥蚀之余,犹能永葆其贞固而莫之或动;相与瞻望徘徊,不胜今昔之感。因思世之士女崇佛者往往掷巨资于有名无实之举,踵事增华,互相夸耀,而于佛之真身所在反芒乎苦无所闻,何其心蔽而行之左耶:朱居士固宏扬佛法者,不忍塔之空无所有,若佛身之不得其护。

余因此亦切发心愿,冀早修葺,以复旧观。并以国方多难,人民流徙于道,得工可以代赈,藉寺尤利收容,则此据又不仅护佛之身而仰体慈悲普度之旨,实不可一日缓也。归而谋诸仲弟绥,相与合力集资,供给工料所需,主其事而倡导之,监督之,经之营之,使邑之人毕观感兴起,乐助其成,朱居士力尤多;居间协赞之功而输劳者有康君寄遥、姚君凌九。其一切设计以其迄工筑之实施,则工程师赵君梦渝与监工崔君景□之力也。先是,余与居士赴陕赈灾者屡矣。教养灾童本为灾区善后提倡公益之举,嗣因□君同议扶风荒地累累,领垦成田,分授灾童,庶资永久。质诸同仁,全以为然。于是教养院乃设于此,而此即为余与朱居士同赴扶风,发愿修塔之原因。崔君之为塔监工,以成功德者,其因亦由此起。然则天下事固有其因,即有其缘耶。抑缘与因之适相遇,固亦偶然而非人之所能其必得耶。夫以四方多故,道梗而难行,工疲于役,商困于市,劫火燎原,触目皆是。余与朱居士发愿重修宝塔,际此危疑震撼之交,幸能如愿。其所次第施工,越期年而告竣。远近善男信女之于斯役者,靡不欢欣鼓舞,扶老携幼,以相朝拜。天亦时出祥云,若有为佛示应者。然此岂偶然之事哉!由是而进焉,若法曾差诸大善士更将塔之寺重新修理,为之整饬而光大之,以复唐时之盛,使天下之人皆奉为中国佛教首区,则未来之愿望或更有不可思议者焉。凡事之后诸不可思议者,皆所谓缘也;缘从因而起,而因必藉缘而始显。是则扶风灾童教院之设,余与朱居士相继而至,虽为修塔之因之所由起,然塔以佛真身所在因能修之,则其最始之因仍在佛,而缘之成,亦佛以成这于人,何与焉! 于吾兄弟,更何与焉! 是为记。

宝塔修复后，朱将军又留了一些资金，安排住持去请些工匠，在中院修建了围墙，回护主体，将东院和西院分割出去，作为农禅。

5 扶风县的老百姓都说，朱将军就是大善人，就是济世活菩萨。两年以后，朱将军因患病而离开人世。灾童院日渐消沉，后来从法门寺里面搬迁到了绛帐镇。在西安，朱将军安葬的那日，扶风各界代表一起去参拜朱将军，陪侍着朱将军的灵体举行了葬礼。

那一天，长安灾童院的学生们换上了童子军服装，体育老师挑选了十个同学代表，护送着朱将军的灵柩。

大家齐唱着：

抗战刚刚出现胜利的曙光，

朱公尽撒手，

归往西方。

看！

东北的义军谁来救助？

西北灾黎谁得安康？

义民难童谁得教养？

可是啊！

失地未复，

触目灾殃，

谁再来慈悲报国，

朱公的精神，

后人的榜样，

朱公的精神，

如日月之光！

中间为朱子桥(庆澜)先生

出殡的当天,西安城的天空万里澄碧,一色蔚蓝。

朱将军的灵柩车从学校出发,由十个儿童守护,将军的子孙在灵柩前缓步而行,百姓自发跟随。送葬的队伍越来越长,公路两旁挤满了农民、工人、商人和学生。由于人流太多,灵车的速度不得不再次放慢。路边不少老人衣袖拭泪,灵车的前边,乐队奏着哀乐。紧跟其后的西安灾童院学生和老师,大家齐唱《朱子桥将军之歌》慢步前行。还有前来送葬的僧人队伍,他们身披崭新的红、黄袈裟,头戴僧帽,手持佛事乐器,敲打诵经而行。灵柩抵达西安南郊大兴善寺附近的营地后举行了安葬仪式,灵柩四周由长安灾童院的童子军护卫,西安各界人士送来花圈。灵台上边放着先生的遗像,遗像前面点着蜡烛,灵前站着西安各界党政军要员,周围环立着附近来送葬的百姓。葬礼开始,先是奏起哀乐,然后再唱朱将军之歌,由政府官员读祭文并介绍了先生的生平事迹。由关中各寺僧人诵经超度,最后在哀乐声中下葬。那天,陕西省下半旗,向朱将军致哀。

民国二十年（1931）华北慈善联合会在本县赈灾
（前排左一为华北慈善联合会副会长崔献楼）

美阳的厄运

1 1926年,美阳县来了陈司令。说是司令,是他自己封的,老百姓都管他叫陈疯子。

这个陈司令本名叫陈发荣,低个头,黑脸庞,胖嘟嘟。初到美阳县,没有人把他叫疯子。有天晚上,陈发荣做了一个梦,吓醒了他:他梦见瘦猴。

那个瘦猴是给陈发荣抬轿的,平时无精打采,但抬起轿子来还十分卖力,经常被陈发荣用脚踹。

陈发荣梦见瘦猴对他说:"你陈疯子狗日的整天踹老子,老子也不是吃素的,以前老子忍了,今儿个,老子也要杀你一回。"

说着瘦猴手拿一把大刀来砍他,他左右躲闪不及,躲着躲着惊醒过来。坐在炕上,抹了把虚汗。

第二天早晨,陈疯子准备出去看看美阳各乡民伐木头的事情,实际伐木头是给他盖公馆。

陈疯子一出院子,抬轿的七八个人在门口等候,他第一眼看见了瘦猴,冷不丁地又想起昨夜的噩梦,朝着瘦猴吐了一口痰,接着吩咐随从说:"把瘦猴给我绑了。"

随从也不敢问绑瘦猴干啥,只得照办。等绑了瘦猴,有人则问为啥。陈疯子说:"狗日的还想荆轲刺秦王哩!"抬轿的人都不明白,只有陈疯子自己知道原因,也没有人敢阻拦。这时,陈疯子便对周围的人说要剥瘦猴的人皮。周围的人吓得直冒冷汗,陈疯子在美阳从来都是说一不二的人,他说叫谁今天死,谁就见不到当晚的星星。这天早晨偏巧凉爽,人皮一时半会活剥不下,他指派人把瘦猴捆绑在训练用的木桩子上,待晌午太阳暴晒一番,再去剥皮。瘦猴儿在当天下午活活疼死了。

２　　陈疯子叫民工修筑城墙,他带人到工地视察进展,却见几个人干活慢慢悠悠,顿时生气,从兵娃子腰间拔了手榴弹,朝城墙上头干活的人堆堆里投过去,顿时血肉飞溅,惨叫四起。

陈疯子他爹死得早,留下寡母陈赵氏,前些年陈疯子走南闯北打打杀杀,将老母亲一人独自留在老家,受尽苦头。陈疯子来美阳县安顿好之后,就接来老母亲。腊月初,陈疯子开始为母亲张罗六十大寿,派人四处发请帖。美阳县有头有脸的人都得来,不来就是不给陈疯子面子。

陈疯子老母亲陈赵氏没有多大爱好,只爱看秦腔。

陈疯子一打听,在美阳县城最有名的要数秦风社。关于秦风社的来历,还得从法门寺村吴满仓和他的女儿香桃说起。这些年,吴满仓一家平时农忙时节回家种地收庄稼,农闲时节给那些有头有脸的乡绅唱戏。起初在城隍庙门口搭台子唱,后来逐步发展到了七八个人,由于吴香桃不仅有一副好嗓子,且正值妙龄,十七八岁,身材好,台架子稳健,很快红遍了美阳,成了名角。渐渐地在美阳一带,逢演出没有吴香桃在场,那等于没演戏。

陈疯子对部下说:"就是绑也得把这女子给我绑来,在美阳县,还没有不听我话的人。"

部下只得遵命,写了请柬,差人送到了秦风社吴满仓手里。接到陈疯子下的请柬,吴满仓心里掂量,这不是接了请柬,这是接了炸弹。这次叫去唱戏,如果拒绝,炸弹会爆;如果去,却又不知陈疯子打的啥主意。

前些年,吴满仓的日子也是过得紧巴巴,好在有美阳县老举人王伯明的支持。王老当年在省上,写过一些剧本,也培育了学生,给吴满仓这里赠送戏箱、戏衣,才有了他们的活头。吴满仓受尽了煎熬,挺到今天,吴香桃也有了一些名声,戏班子一帮人马总算没有白辛苦。后来《关羽和貂蝉》

《宋巧娇告状》都成了吴香桃的拿手戏，再加上人越长越俊俏，身材更是匀称标致，在县里只要说吴香桃唱戏，十乡八里的都会去看。整个戏班子也以此为荣。

那天早晨，吴班主对女儿香桃说："娃呀，陈疯子要给他母亲过寿哩，下了请柬，叫我们去唱戏，要五天五夜。"

吴香桃先前听说过那个魔鬼样的人物，他四处为非作歹，滥杀无辜，谁不听话就杀谁，把好好一个县城折腾得鸡犬不宁。

在一个月前，陈疯子来听过一次戏，坐在台下首位，挺个大肚子，眯着眼睛，歪着个肥嘟嘟的脑袋。那次香桃只唱了一折戏，陈疯子指使部下叫来吴班主，请香桃来台下见面。香桃不情愿地走下台，可这陈疯子一见面竟拉住了吴香桃的手，硬是不松，嬉皮笑脸地说："香桃姑娘今年多大了？"香桃使劲儿往回缩手就是拽不回来，不但拽不回来，还被陈疯子使劲往前拉了一把，差点就跌倒在了陈疯子的怀里。陈疯子横肉堆了一脸说："有空好好切磋一下，受家母影响，我对秦腔很感兴趣，一个字，爱听！不是，两个字，爱听得很！"

说着又伸出另一只手，这下成了双手拉住香桃的一只手不放，一只手握着，一只手却在上边抚摸着，这动作实在把吴香桃气了个够。气还没有消停，没想到现在陈疯子又叫给他老娘专门唱戏。去，担心再次受辱；不去，以陈疯子的作为，戏班子今后的生存就成了问题，严重的话要出人命的。考虑再三，香桃最终答应了。

3 陈疯子在他娘陈赵氏过寿的前五天，派人马去接戏班子，足足去了两个排的人，用三匹骡马驮着戏班子的锣鼓家什。当然，给吴香桃专门备了匹枣红马。

法门寺街道的戏楼上，吴香桃唱了一出又一出，唱干了嗓子歇息，喝了水，吃罢饭，继续唱，连续五天五夜。

　　陈赵氏信佛,她认为儿子陈疯子有出息,是受了佛祖保佑,是她整天拨动佛珠念出来的。对于陈疯子在外边的所作所为,陈赵氏从不过问,她认为儿子没有错,儿子是对的。她在自己家里敬神拜佛,整天坐在太师椅上,手里拨动着佛珠子,那是一串晶莹透亮的翡翠,总共十八颗珠子。其实陈赵氏并不知道,那佛珠实际是几年前陈疯子参与盗窃一座古墓时,从干枯的尸骨上得来的。害怕晦气,陈疯子把佛珠带回来后,在法门寺找和尚专门给做法事。和尚迫于无奈,草草念了场经,算是把陈疯子打发了。后来陈疯子手下一个兵识货,说这可是上等的缅甸翡翠,能值不少钱,陈疯子送给了母亲,换掉了她手上原来那串山桃核珠。

　　这个时候的陈赵氏自以为功德圆满,有这么一个出息的儿子给自己做大寿宴,活了大半辈子,还没有遇上这么乐呵的事。

　　陈疯子提前五天唱戏,是叫全县有头有脸的人都来给自己上供。从第一天到第五天,陈疯子府上的马车没有断过,一天比一天来得人多,一车比一车的礼厚。仅仅三天,礼簿就用了五本,算盘一拨,大洋整整一万五千块,绫罗绸缎堆了一房子。

　　陈疯子在来美阳县以前已经有一妻,如今,看到这貌如天仙的吴香桃又动了心。这次吴香桃到自家门上来唱戏,他交代手下不可怠慢,从吃住上都安排细致到位。这种待遇,使整个戏班子感觉将要发生什么事。

　　五天五夜的戏伴随着太阳月亮的交替终于唱完了。最后一天晌午,陈疯子专门谢承戏班子,大鱼大肉摆了满满两桌。席间,陈疯子端着酒杯挨个敬酒,但只字未提给戏班的酬劳钱,当然秦风社在来之前没有指望得到啥。当陈疯子走到吴香桃跟前,照例举起酒杯,轻轻磕碰,先干为敬,随后把空杯口朝下,示意自己已经干了。吴香桃一看这架势说:"我实在不会喝酒,也从来没有喝过。"

　　陈疯子反来了劲儿,说:"咱俩可不是初次见面,应该算老朋友了,老朋友嘛就要赏个面子。不会喝可以,我教你。"话刚说完,便拉起了吴香桃的手,说:"既然是第一次喝酒,那我再倒一杯,陪同你喝。"吴香桃想反抗,又觉无能为力,加之一旁的父亲给自己使眼色,惊慌失措中把酒杯子碰掉了又偏偏砸在了陈疯子的皮靴上。陈疯子低头看了看,吴香桃吓了一跳,整个戏班子的人都替她捏了一把汗。陈疯子没有生气,他抬起头说:"莫慌,第一次喝酒,不要紧张。来,给你再斟上一杯,你可要给我陈某人面子,要不我这杯子没法放下。"香桃举起杯子碰了一下,仰面朝天,咕嘟一下灌进自己的肚子。当酒行走在嗓子眼的时候,她才体会到自己刚才喝得有些猛了,辛辣和灼热交织在一起。陈疯子见状也一口喝下了酒,接着拉起香桃的手说:"坐下慢用。"吴香桃神情木然。

陈赵氏过完大寿,吴香桃也像得了一场病,整日昏昏沉沉。连日登台唱戏,把嗓子都唱嘶哑了,加之最后一天陈疯子敬的那杯酒一直停留在嗓子眼中,不再下肚。吴香桃找五味堂的常先生开了几服中药,似有作用,又不大见效。

三天后,陈疯子差人给秦风社带来三百块银元,与吴满仓谈话时只说一个要求,把吴香桃娶去给陈发荣做二房。若答应,这钱留下,秦风社照常唱戏;不答应,秦风社从此从美阳县消失。

吴满仓对来人说:"这是她的终身大事,需要和她本人商量。"来人说:"她的命运在陈司令手里,秦风社的命运在她手里。"来人说完要告辞,吴班主说:"事情有着,你带来的钱就请带回去吧!"来人推让后,起身走了。

吴班主到吴香桃房间去看望,香桃脸色还不润泽,便问:"香桃,这两天睡得好么?"

吴香桃说:"好些了,爹不操心。"

吴班主说:"香桃呀,你娘走了几年了?"吴香桃说:"爹,有六个年头了。你咋突然问起这个?"吴班主说:"这么快都六年过去了,那些年背着包袱蛋蛋,提着锣鼓家什,东跑西走,这西府南北上下也算是走遍了,我们给人家过了那么多事,埋了多少个人,娶了多少个亲,都记不得了。"吴香桃说："爹，陈芝麻烂套子的，说这些干啥？"吴班主哀叹一声，仍然没有停下的意思："前两年，在王伯明先生帮助下，总算有人愿意集资，盖了这戏楼，成立这秦风社，说白了也就是给他们卖唱，不过总算有了固定的场所，不再风吹雨打。"

吴香桃说："爹，这些都过去了，咱今后还会好的。"

吴班主说："但愿今后会更好啊！"说着叹了一口气。

吴香桃说："爹，你像是有心事？"

吴班主抬头看着吴香桃，思量了半天，说："娃呀，陈疯子叫人晌午来找过我，他要娶你。"

"陈疯子这个王八蛋，他把咱们美阳人害得还不够？这个禽兽不如的东西，我死也不会跟他。"吴香桃态度坚决。

"娃呀！你看现在的世道，到处都是人吃人，谁有枪有钱，谁就是爷，就是皇上老子，咱穷人有啥法子。"

"爹，你甭管，我逃走吧。"吴香桃说出逃字，吴班主自然能想到。

"来人也说了，这事已经不是你一个人的事，关系到秦风社的命运，你能跑，这秦风社跑不了，搞不好要出几条人命。"吴班主哀叹道。

"爹啊！"吴香桃失声痛哭，她恨自己无能，也更恨这个人吃人的社会。

待女儿哭够了，吴班主说："你回房歇去吧，三天后陈疯子还会派人来，要带个准话回去，你想想。"

吴香桃揉了揉红肿的眼睛，不再言语。

4 整整一夜，吴香桃翻来覆去不能入睡，她想自己的命怎么这么苦，这戏班子刚刚有了好光景，竟遇到了这个陈疯子。迷茫之际，她想起来法门寺，人都说法门寺的佛很灵验，佛通天理，去问问佛，或许能讨到一个好办法。

法门寺里静悄悄的，吴香桃来的时候带了一把香，点燃后，拜了三拜。

在西边的禅房里,她看到麻和尚双手合十正看着她。

吴香桃走向前去,正前方供着一尊佛像,功德箱前面有一条凳子,麻和尚示意吴香桃坐下。

麻和尚道:"施主为何闷闷不乐?"

吴香桃说:"有事,不能决定,想问个路如何走?"

麻和尚微微一笑,说:"世上的路都是朝前走!"

吴香桃说:"可我心里不愿意呢?"

麻和尚说:"世人每天所做,有几个是愿意的?"

吴香桃说:"世间到底有没有缘?"

麻和尚说:"当然有,但要顺其自然。"

吴香桃说:"可是自己很委屈。"

麻和尚说:"缘也有善缘和孽缘。"

吴香桃说:"难道我这是孽缘?"

麻和尚摇头说:"善缘里有孽缘,孽缘里有善缘。"

吴香桃说:"难道我是前世欠的孽缘?"

麻和尚说:"有些世事道理在表象,有些却在心里,不能不懂表象,也不能单看内心。"

吴香桃说:"师傅,你到底说的啥理呀?"

麻和尚还是笑笑,说:"看似你不懂,其实你会懂。你不懂,是现在的表象,不能仅看表象,要看内心,但需要时间。"

吴香桃说:"我还是不懂!"

麻和尚说:"犹如你唱戏,演的是过去的人物,他们谁又能想到自己在后人的戏台子上出现,而且把自己给戏化。"

吴香桃说:"说唱戏我还能懂。"

麻和尚说:"随缘,善缘孽缘都是缘。"

吴香桃说:"戏里忠良都遭迫害,奸臣施淫威,日子咋就像是反着过哩?"

麻和尚说:"不仅戏里这么过,现实也是这样。"

吴香桃说:"还是师傅悟得多。"

麻和尚说:"不敢,世人都有所悟,只是有人讲了出来。"

吴香桃说:"和师傅今日一谈,够我思量一些日子。"

麻和尚说:"还有啥解不开的?"

吴香桃笑笑说:"不了,没有啥,只是来拜佛而已。"

那晚,吴香桃回到家,对她爹吴满仓说:"爹,我思量了几天,这门婚事我同意了。"

吴满仓听了这话,心里别有一番滋味,这是他最不想听的,也是他最害怕听到的。不同意,戏班子毁在陈疯子手下。同意,好好一个大姑娘跟了这魔鬼,那就等于掉进了魔窟,今后的日子如何,不敢想。他清楚这些恶人,喜欢谁就必须把谁攥到手里。

"爹,我抗拒不如从命,不能因为我而让咱们的戏班子受连累。"

多懂事的娃呀,吴满仓鼻子酸了。

"娃呀,以后多长些心眼,那富人家反倒复杂,不像我们穷人家,实在厚道。"吴班主说完这话,蹲到了墙脚,使劲捶自己的胸膛。

5 正月初六早上,天地间飘起了雪花,像棉絮一样在西北风里飘舞。

陈疯子带人牵着骡子来到秦风社,卸了聘礼,接走了吴香桃。陈疯子骑着一匹枣红大马,吴春桃骑着一匹黑色骡子,那骡子脖子上挽结了一朵大花。

刚走进法门寺街道,路旁摆的左右对称的二十四个雷子,被那些兵娃子一个个点燃了,顿时炮声连片,震动这片大地。雷子刚刚点完,一个手下朝天打了三枪,以显示陈疯子的威风。

这婚宴办得不亚于给老母亲过寿的气派,该来的都来了,没有请的也来了,自然收了一大笔礼金。

晌午时分,准时举办了婚礼,酒席间,西凤烈酒把来客灌得摇头晃脑。

来客陆续走了后,留下了一些顽童依旧嬉闹着。吴香桃独自在屋子里流着眼泪,这一天,她过得如此地漫长,好像从来没有过这样的日子。

黑夜,吴香桃依旧沉浸在痛苦中。

酒足饭饱的陈疯子摇摇晃晃地走进了新房,转身关了门。他看见大红蜡烛前坐着一动不动的吴香桃,那真是一个冷美人。除了俊俏的脸蛋,匀称的身材,他现在更加喜欢她那不从的个性,他要的就是这种刺激。大凡容易到手的东西,他反倒是不喜欢,他喜欢像吴香桃这样的女子,外表一流,唱戏一流。今天这样的猎物能落到自己手里,真是幸运。

"香桃,还伤心哩,这地方以后就是你的新家,有吃的有喝的,给你配的丫鬟你随便使唤,比你到处唱戏好得多,往后你再给我生个大胖小子,那是多美的事!"陈疯子说着,面上挂满了笑意。他走到吴香桃跟前,伸手在她冰冷而光滑的脸蛋上摸了一把,接着说:"看把你冻的,我们上炕热乎热乎。"吴香桃没有动,陈疯子上前猛然抱起吴香桃放在了炕边,随后脱了外衣,把枪从腰间拔出来放在了枕头下边,这是他多年的习惯,动荡的时局让他不得不保持着极高的戒备心。

被放在炕边的吴香桃依旧没有动,陈疯子还是能耐得住性子的,他帮吴香桃脱了鞋子,借着酒劲将吴香桃重重地压在了下边。吴香桃被突如其来的举动吓得不知所措,顿时呼吸困难,双手死死抓着陈疯子的胳膊,但无济于事。陈疯子说:"你自己脱吧,不要叫我上手,我上手那可不是滋味。"说着,陈疯子端起茶杯,顺手掏出来一个黑色药丸,放到嘴里嚼了几下,端起茶杯喝了几口水,朝吴香桃笑了两声。吴香桃也想过,自己如果不答应婚事,爹要遭殃的,秦风社也将不复存在。答应嫁给这疯子更是受罪,她想不如办了婚事再去跳井或者上吊自杀,坏一坏这陈疯子的名声,可现在想来,死了何用。她突然想起麻和尚给她说的那句话:"缘有善缘也有孽缘,看自己这辈子给谁还,还的什么缘而已。"

吴香桃已经没有了眼泪, 也不再想死。她把大红棉袄的扣子自上而下,一点点地解开,露出了红红的肚兜。香桃雪白的肌肤让陈疯子顿时血管膨胀,举起的手迅速缩了回去,他不想吓着她,他要慢慢去享受她。

6 王礼是陈疯子手下的一个排长, 小时自称有刀枪不入的功夫。此人每晚召集一帮地痞流氓于美阳县城外的土壕里练功,陈疯子知晓后,直接将王礼收编进了他的队伍。王礼有个小媳妇,名叫金瓶,长得俊俏,在遇到王礼前死了丈夫,守了寡。王礼原本有媳妇,但还要娶金瓶为妾,金瓶不从,王礼连抢带绑地逼她进了洞房。这年夏收完毕,王礼在与岐阳凤凰山一带的土匪交战中,被人从背后打了暗枪,死了。陈疯子为了彰显其如何体贴下属,派人大肆祭奠。

金瓶长得可爱,偏是个小脚,行动不便。王礼下葬头一天,她烧香磕头礼拜,疲惫不堪。后半晌,陈疯子带兵进村,视察一圈,呵斥下令道:"王礼这小子不错,为我浴血奋战,立功不少,叫金瓶随王礼去吧!"此话一出,村子里的人如同晴天霹雳,惊慌失措,替金瓶捏了一把汗。

终于熬到第二天天亮,陈疯子亲自主持葬礼,带一队人马抬着棺材到了墓地,将棺材下进了墓穴。陈疯子坐镇指挥四个卫兵,持枪来到跪在一旁的王礼原配刘氏跟前,叫其下到墓穴擦拭灰土。刘氏踩着木梯子下到墓穴照办,随后上到地面。持枪的四个人命令金瓶也下到墓穴,再去擦拭一下棺材上的灰土。金瓶刚下到墓穴,梯子就被人抽走,卫兵举枪喝令众人往墓穴里填土,众人慑于淫威,只得执行。金瓶尖叫哭嚎,但黄土纷扬而下,金瓶的哭泣声却越来越小,最终消失。

一座高大的坟堆凸起在原野上,坐在太师椅上的陈疯子叫停,带着士兵走了。见陈疯子走远,众人立即挖土救人,待把金瓶挖出,人已经断气,嘴巴里满是土,两只眼睛睁得大大的,一只胳膊朝上伸着,手里抓着一把土,怎么都无法掰开。

7 时间能把日子推向幸福,也能把人推往灾难。

陈疯子没用多少日子,就把美阳县闹了个底朝天。

这年冬季,陈疯子指令手下打探了两个袭击对象,一个是徐家河的老林,一个是后峪村的老陈。

陈疯子先是带着手下到了徐家河林照德家,把他家前后抢烧了五次并绑架家眷,林照德不得不从地窖里挖出来银元四千,保全性命。后来他又到后峪村的陈烟客家里,放火烧死了陈家两个孩子。连续多次入户抢劫,使陈疯子陈发荣在整个美阳县如魔王一样恐怖,百姓一提到陈发荣,汗毛直立。

这日,陈疯子的部下给他讲述美阳县城法门寺有宝的传言。依据是手下找到清代嘉庆年间的《美阳县志》里记载:法门寺塔下有海,海里有金船,船上有……

还有部下告诉他东北军阀孙殿英的发迹是靠挖掘古墓、盗卖文物。他有了金银珠宝,到国民政府上供,给蒋委员长送,给宋氏姐妹也送了,那些人都心里乐滋滋的。

这时法门寺住持麻和尚在桥山的神仙洞里闭关,恰在这个空档,陈疯子决定去法门寺探个究竟,看传说中的塔下是否有海,海里是否有金船,金船上是否有着无价之宝。

陈疯子没有透露此次行动的目的,只是命部下用帆布将法门寺里的宝塔紧紧围住,方圆一里内驻兵,戒备森严,不得有人靠近,对外说是做军事防御。足足挖了半月,法门寺的大殿、小殿、鼓楼、钟楼、前院、后院、墙里、墙外,该挖的都挖了,能翻的都翻了,石头烂瓦挖出来不少,至于传说中的宝贝,没有见到。

停工的前一天夜里,陈疯子做了个奇怪的梦:眼前有一座方城,四周是高墙,古塔在一个深坑里。他只身一人站在古塔面前,古塔却变成了一尊佛,佛居高临下,缓缓向他压来。他急忙下跪,佛没有停止,不但没有停止,四周的水银急速涨起,在佛身即将压住他时,水银也没过了脖颈。他伸手扶佛,手已经无法抬起,水银没过的地方立刻凝固,他喊叫着,却始终喊不出声。等他挣扎着醒来,吴香桃坐在一旁问:"你喊啥?"他摇头,似乎还在梦里,他看看吴香桃,诡异地说:"梦里的神把我踩踏到了脚底!"

吴香桃说:"不做亏心事,鬼神就不会找上门。"

陈疯子说:"明日停工!"

法门寺又恢复了平静,徒留下千疮百孔。

❽ 两年以后,陈疯子终于要离开美阳县了。

离开美阳不是说在美阳待不下去,而是陈疯子已在美阳积累了巨大的财富,同时制造了许多枪支弹药,手下兵力也足可使其大干一番。挪地驻防,正是他图谋再举的权宜之计。离开美阳县之前,陈疯子托人从桥山选了一块巨型石材,派石匠打造一番,上刻了"陈公发荣德政碑"立在街中。隔日,陈疯子变卖房屋,带着黄金白银、丫鬟家眷、枪支弹药、骡马部队浩浩荡荡离开了美阳县。陈疯子的到来,改变了全县百姓的命运,陈疯子也因自己这辈子曾来到过美阳而留下了千古骂名。

他在美阳县驻防了三年,美阳县的知县却换了六个,先是胡县长,再到张县长,再到赵县长,再到李县长,再到阎县长。最短的是李县长,在县府的板凳上只坐了两月,最长的是阎县长,满打满算整一年。所有县长只能顺着陈疯子,因为陈疯子手里有枪,枪叫县长干啥,县长就得干啥,所以,来美阳的县长有苦难言。有些县长想为黎民造福祉,却有名无权;有些县长为谋私利,财物却也到不了自己的手中。对于陈疯子来说,当下,兵匪四起,群雄出世,自己应去打一片天下了。

　　陈疯子在举家南下路过山阳时,在一个山谷里发生了意外。一时间峡谷两边的枪声响起,陈疯子的部队半晌即被打散,马车上拉的那些金银珠宝,有的丢失在山里,有些叫对方抢走了,陈疯子的老母亲当场吓死。陈疯子将一部分珠宝藏在了秦岭的山洞里,在一天一夜的时间内,陈疯子的部队全军覆没,连他也被炸得尸骨无存。在混乱的枪炮声中,吴香桃躲进了山洞,等枪声停止了,她爬出山洞,消失在苍莽的大山中。

故乡的青铜

1　　美阳这片土地，很容易出文物，尤其是青铜器，以周秦器物为主，个头大不说，且许多都有铭文，那些记载都能弥补中国的断代史，深得历史考古学家喜欢。

民国初年的一天，青铜器被古寺村的魏天绪发现了，而且是一窝子。以至于引发了后来不该发生的事情。

那是一个晴朗的午后，魏天绪的儿子魏少严上北山砍了整整一上午的柴，正准备下山，一只瘸腿狼不知道啥时候站在不远处瞅着魏少严。魏少严开始以为是一只野狗，后来仔细一看，不是野狗，顿时害怕起来，心跳加快。情急之下急忙背起背篓，手握砍刀，顺着山路往回跑。瘸腿狼两眼放着绿光，身上拖着倒毛紧随其后。少严虽然害怕，可又没办法，当他停下脚步的时候，那瘸腿狼也停了下来。就这样，狼一直跟了他一里路。他每次停下脚步的时候，瘸腿狼也停下来，用发绿的双眼和他对视着，他想瘸腿狼或许也会害怕他的。可三里路走出去了，狼没甩掉，而且还死活不见一个人影。直到一个拐弯处，瘸腿狼等不及了，少严也是累极了。那瘸腿狼做好了最后进攻的打算，不再顺着少严走的山路行走，突然从左边的林子里直直冲来。少严挥起自己手中的镰刀，朝瘸腿狼砍去。瘸腿狼后退两步，继而迅速进攻，直接扑了过来，少严一只胳膊被狼咬住了，少严的另一只手紧握砍刀往狼的身上砍去。砍那家伙不像砍柴那样轻松，瘸腿狼虽瘦可身上仍有弹性，一刀下去，反倒被弹了回来。少严用力甩着胳膊，左边较高处是一棵松树，少严围着松树转，这狼一滑打了个趔趄，终于松了口。少严刚松口气，瘸腿狼再次进攻，这次直接瞄准了少严的脖子，张大嘴巴就扑了过来。少严一闪身，狼扑了个空。这时少严感觉到自己右手上的砍刀有了巨大的力量，他用砍刀朝狼的肚子上捅了进去，钻心疼痛的瘸腿狼发出嗷嗷的叫声，转身向西边跑去，那把砍刀还露出来半截子。瘸腿狼跑了，少严在瞬间也感觉到了巨痛，左手捂住右胳膊受伤的地方，从城壕边上溜下去。不知被什么东西划破了裤子，屁股上划了一道血印。回到家里，受伤的少严把他爹魏天绪吓出一身冷汗，急忙问："少严你这是咋咧？"少严喘着气说："叫狼给咬了。"接着，将自己去山沟砍柴，如何遇到瘸腿狼，又如何与瘸腿狼搏斗一五一十讲给魏天绪。

魏天绪找来布条先简单包扎了一下，随后就领着少严上了药材铺。郎中说是皮外伤，给开了膏药，涂抹在伤口的四周，打发了他们父子。

回到家的魏天绪问少严那瘸腿狼是怎么跟上他的，少严将事情经过详细地给魏天绪讲了一遍。魏天绪有些不解，说："你这胳膊上是叫瘸腿狼给咬的，可这屁股上不像是咬的。"少严说："屁股是我从壕边往下溜的时候，不知道叫啥东西给划了一下，当时没有感觉到疼。"

魏天绪觉得，少严的裤子和屁股上很像是被什么利器划破的。又问少严到底是咋回事。

魏少严说："不知道咋回事，我从城壕的土台上往下溜，就叫啥划了，可能是酸枣刺吧！"魏天绪说："哪个土台上？"少严说："城壕土台上。"魏天绪要去看，少严说："爹把棍子带上，万一再遇到瘸腿狼。"魏天绪从檐下取了镢头，朝城壕边走去。

魏少严从台原上溜下来，压倒的那些杂草依然歪歪斜斜的。魏天绪拨动那些杂草，拨着拨着就发现了一个坚硬的尖角，绿绿的，不仔细看，真和草没有啥区别。魏天绪仔细看着，用手扳了几下，扳不动。这下魏天绪动用了镢头，在那个金属尖角的地方刨着，他想这到底是个啥东西。又刨了几下，竟然出现了白骨。魏天绪吓出了冷汗，再朝远处看去，路上没有人。他拧转身继续朝崖壁挖，不多工夫，出现了一个半弓着身子手里捧着一个青铜鼎的完整骨骸。魏天绪想，这死鬼到底都不知道自己是咋死的，可能是很久以前掏这里面的东西，要么是被同行埋了，要么是洞子塌下来被埋没在了土里。魏天绪小心翼翼把青铜鼎取下来，放在了地上，用镢头继续朝那白骨身后敲打。扑通一声，周围尘土飞扬，把魏天绪的脚整个埋了，待灰尘落了地，一切又安静下来。透过微弱的光线，魏天绪看见的不再是一个绿毛怪，而似乎是一片，东倒西歪的那些东西发着绿光。他恍然大悟，第一次自己看到的绿毛怪只是洞口的一个，当那个绿毛怪被自己晃动搬出来，里面却是一片绿毛怪。

我的神呀！这么多的怪物，对于眼前的这些放着绿光，长得奇形怪状的一窝绿毛怪，魏天绪不再进去撬动这些绿毛怪，而是神秘地回过头朝壕边的路上张望。除了看到几只呱呱叫的乌鸦和觅食的麻雀外，他没有发现人的存在。魏天绪将第一个搬出来的青铜鼎塞回洞里，接着用大土疙瘩堵住洞口，在屁股后边拔了一些狗尾巴草，堆在洞口。

当他决定离去时，却又回到洞口，用脚拨拉了洞口掩起的浮土，实在放不下心，又从崖边上拔来一根酸枣枝，放在浮土上，这样他的心里才踏实些。

做完这些，魏天绪上了土壕，在洞口正对面的大古槐树下坐了下来。树上的知了叫个不停，他心里烦，不停地转过身看着太阳，今天的太阳要比往常的慢许多。魏天绪躺在大树下，瞅瞅对面的崖边，村口没有人过来。

2 这几年，绿毛怪在美阳这片土地上多次出现，引来了一些大城市的文物贩子，其中不乏上海、北平的。他也经见过几个来客，自然是知道一些行情，那些大城市的来客最喜欢有文字的。一片昏黄之后，太阳彻底落到西沟里去了。饿着肚子却心里依然激动的魏天绪顺着苞谷地向村子走去。

"你跑到哪里去了，寻你了一个后晌？"菜花给鸡娃喂过食，又提着一桶水，正准备给石槽里倒水的时候看见了魏天绪。魏天绪说："快给我端饭来。"

"我满村子寻你，鸡娃都渴死了，等我把鸡娃喂完。"菜花说。

菜花进了厨房，魏天绪凑到跟前说："告诉你个事儿，我发现绿毛怪了！"

魏天绪拿起马勺，在水瓮里舀了一马勺凉水，咕嘟嘟的一口气喝完了。

媳妇揭开锅盖，将剩在锅里的一大老碗汤面递给了魏天绪，肚子已经十分饥饿的魏天绪吸溜着吃完了。

菜花麻利收拾了锅碗瓢盆，倒了泔水。

望着西边天上的那颗星星，魏天绪吸了一口旱烟，心里美滋滋的。他正式向菜花说那一窝子绿毛怪的事情，菜花听得心惊肉跳，不停地问："真的吗？"随后又说，"那东西不能要，要不得，绿毛怪跟鬼一样，缠上谁谁倒霉。"魏天绪却摆着手说："要是不要，叫别人挖去，啥都没有了。"

每家的人都开始关头道门，每家的狗都停止了叫声，每家的猪都打着呼噜，每家的鸡也都上了架。古寺村沉睡了。

魏天绪要叫儿子少严一起去，菜花说怕吓着少严不要叫他去。于是两人等少严睡着了，悄悄来到院里。魏天绪和菜花在院子的墙角放倒了独轮手推车，上面还粘了些已经干沥的牛粪，是前些日子给地里上肥的时候遗留的。魏天绪在院子试了试轮子还算灵活，媳妇在门道里取来了铁锨和镢头，二人轻轻开了院门，悄悄地朝村外走去。

土壕边的塄坎，魏天绪欣喜自己造的假象没有被别人发现。他和媳妇开始动工，小心翼翼地把一件件绿毛怪搬到车上。那东西实在是太多，看来一下两下是搬不完的。他们把六七件东西装一车，然后在上面盖上土，防止被别人看到了，也好有个拉土垫猪圈的借口。三个时辰后，魏天绪总共拉了十多个来回，到底有多少件，他和菜花都没有顾上数。

子夜时分，魏天绪和菜花将最后一车青铜器小心翼翼地推回了家。他们彻底地舒了一口气。整整一个夜晚，村子连个狗叫声都没听到。

油灯的火苗儿扑闪扑闪，满地的绿毛怪同时放着绿光，像在跳舞，或是审视这个屋子。尤其是有一个家伙，上面的造型分明就是一个高鼻子大耳朵的鬼怪，两个眼睛直直地盯着魏天绪和菜花。

菜花说："这些东西阴气重，我看咱还是烧个香吧。"魏天绪点头，菜花急忙去箱柜上拿香火。

对于美阳这片土地的老百姓来说，最讨厌的是在干农活时挖出来这些带鬼气的东西，他们喜欢黄土，黄土地里好长庄稼。

菜花从箱柜上端下陶制香炉，放在了青铜器前。点了三炷香，两人跪在地上连连磕头。魏天绪嘴里嘀咕着："绿毛神爷爷，你别吓我，我叫你穿金戴银，我给你们找个好主儿，有你们好日子过的。"

菜花端来插香的这三条腿的陶器，原本不是香炉。是两口子前年秋天在地头做活儿，一锄头下去，咔嚓一声，先是挖出来一堆烂瓦片，上面都是绳纹，魏天绪一看都烂了，就用锄头背面敲打几下，碎成七八片。后来朝前挖了几下，又出现一个，这次他没有敲打，放下锄头，用手去刨了几下，竟然刨出来一个完整的陶器，三条腿。魏天绪一看能立住，问菜花这东西能干啥，菜花说："我看能插个香。"于是，一个行走过漫长时空的陶鬲在地下埋了三千年后，摆在了魏天绪家的箱柜上，里面装了面面土，成了香炉。

满地的绿毛怪拖着长长的黑影，门缝隙透进一丝凉风，把油灯的那一束光吹得左右摆动，一股子青铜锈的味道弥漫着整个屋子。魏天绪说："鬼影！"菜花立起就在魏天绪屁股上踢了一脚，说："喊啥哩，人吓人能吓死人。"

魏天绪这才定了神，站起来，拍了拍膝盖上的尘土。他寻思着，这么多的绿毛怪，安顿到啥地方呀？

"这东西夜间发神作怪咋办？"菜花说。

"我看只有阁楼上,其他地方都不保险。"

菜花觉得这倒是个好法子,魏天绪去搬梯子。

站在地上的菜花抹了一把汗,小心翼翼地端起一个内部刻着文字的鼎,轻轻递给站在梯子上的魏天绪,一再叮咛:"小心点,千万不敢打了。"魏天绪说:"你个女人碎嘴,别唠叨了!"

魏天绪左手接过那东西,右手抓着梯子,一步一步向上爬去,阁楼的木梁上,魏天绪挂了油灯。一个时辰,魏天绪和他媳妇又将这些东西一个个转移到了他家的木阁楼上,随后又埋藏在了麦包里。

至此,一堆记录西周某一个时期、君主身边一个大家族发展史的青铜器物在那个土壕里埋藏了三千年后,又埋到了魏天绪家阁楼上的麦包里。公鸡老早就"喔喔"打了鸣,但魏少严没有听见,等他睡起来的时候,太阳都爬上墙头了。他伸着懒腰,走出了屋子。

3 土匪带人来到古寺村的时候,魏少严正在做梦。

魏少严梦见千军万马在自己的带领下奔驰在川道上,马蹄声淹没在四起的尘埃中。那些骑马的人都跟在自己后边奔跑着,欢呼着,自己成了将军。可是自己从来没想过当将军,他和小伙伴们玩过骑马打仗,那也仅仅五六个人,最多时也不过十来个人。他在梦中怀疑这种声音,可这声音反倒越是清晰,好像就在耳边,时隔不久又消失了。夜沉寂了下来。

土炕上,魏天绪揭开被子,忽地端直坐了起来说:"菜花,菜花你听外边,外边有响动。"菜花被这话吓了一跳,立起耳朵听响动,那些沙沙的声音渐远渐近。他两脚把少严蹬醒,一家三口坐在炕头上。

魏天绪说:"今黑儿不对劲,赶紧穿衣服。"

魏天绪下了炕,把门扇轻轻开了道缝隙,朝院落看去,除了风吹动椿树,没有啥异常的动静。等把门再开大点的时候,魏天绪发现了头道门外边的闪闪火光。

魏天绪说:"赶紧下炕!"

菜花和魏少严麻利地穿衣下炕,三人轮换着贴住门缝往外看,他们着实吃了一惊。魏天绪说:"赶紧,赶紧上窑窝!"少严还在问:"爹,咋咧?"魏天绪连连摆手,三人轻轻拉开门,朝后院跑去。

所谓的窑窝,实际上是后院土崖边一口早都破旧了的窑洞上边的一个小窑,这几年上边卧了许多的野鸽子。三个人跑到窑洞口,立起放在窑洞口的木梯子,顺势爬了上去,接着把梯子拽了上去。

院墙外的土匪头为了不惊动村人,他叫人包围了魏天绪家的院子,继而叫一个土匪翻进院墙,打开了头道门,其他的土匪一拥而进,足有十来个,站满了院子。

那些该死的野鸽们,在魏天绪、菜花、魏少严刚上到窑窝的时刻咕咕惊叫起来。匪首循了鸽子的叫声,知道魏天绪他们藏在破窑上边的窑窝里面,他开始在下边喊话:"当家的,你也不要费力气躲来躲去,我们都看到了,你们在窑窝里面,那些可爱的鸽子是我的朋友,你们出来,我不杀一人一鸽,不点一根麦草。把该交的东西交出来,我会走的,我是劫富济贫,不是来杀人的。"

魏天绪猫着腰,趴在洞口,一只手抓了抓飞在自己嘴边的鸽子翎,朝当院的土匪们说:"我也是平头百姓,朝上推三代五代还是种庄稼的,庄稼人能有几个钱财?你进屋子,箱柜锁子钥匙就在炕头的席片下压着,你打开,里面有一罐银元,是全部家当,你们都拿走。"

匪首呵呵笑道:"那不是我要的东西。我要啥你心里明白。不要装,拿出来,这房子它明天还会在。"

魏天绪说:"庄稼人,都是些糜子、苞谷,在屋子阁楼上,你看着装,能装多少装多少,只求你留下点口粮。"

　　匪首说："搁到往日，你不说粮食，我都会拿，今日来还真不要粮食，你要是实在不想交代，可不要怪我叫你今晚去见嫦娥。"

　　魏天绪说："我的爷呀，真个儿没啥。"匪首知道魏天绪跟自己狡辩，而他却早等不及了："看来，今晚不放火是不行了，火能照亮你见嫦娥的路啊！"

　　土匪们拿着火把，站在窑洞下，魏天绪家这个破旧的窑洞就是个柴房，放着许多的麦草和树枝。火刚刚点着，浓烟四起，一二十只鸽子扑扑拉拉地飞蹿而出，接着听见了鸡叫、狗叫。

　　魏天绪和菜花他们也哇哇乱叫起来，趁着浓烟的遮挡，魏天绪叫少严顺着崖沿转到了隔壁的窑窝，那个窑窝正是王积善家。

　　不大一会儿，经过烟熏火燎的魏天绪和菜花支撑不住了，为了保护少严，他们二人在最后时刻相继从窑窝上边栽了下来。土匪上前去拨动，却发现两人被烟火熏得断了气。魏天绪、菜花死了，他们只蹬了两三下腿。他们从拉回来绿毛怪以后，天天做着各种各样的梦。魏天绪梦见过自己盖起了四合院，高大的门楼压过了古寺村前街、后街、东街、西街每一个财东家的门楼。他也梦见自己不仅能使唤起了丫鬟，还迎接了二房、三房、四房甚至还敲锣打鼓地迎接了五房。菜花梦见自己给娘家爹抓了药，治好了多年的咳嗽，治好了娘的腿疼，弟娶了乖巧的媳妇，家里又买了一些水地，粮仓里面堆起如山的粮食，自己穿的是大红大紫的绸缎。总而言之，一夜和一夜的梦不一样，一个人和一个人的梦不一样，这些乌七八糟的梦一直做到了昨夜。昨夜的梦奇怪了，魏天绪梦着自己坐在美阳河里数钱时竟然发了大水，自己又好像是在河里游泳，他根本就不会游泳，他奋力挣扎着，怎么那么大的河水呢？美阳就从来没有发过这么大的水。终于，他是在呼喊救命的时候，被菜花拍了屁股，才醒过来。现在他不会明白，梦是反的，梦见了水，来的却是火。火苗呼呼燃烧着，是烟雾把他两个熏下来的。这会儿，他们两个人四仰八叉躺在地上，死得很惨，连呛带熏，连摔带绊的，一只只手还伸向对方,眼睛是半睁开的,眼角、嘴里都流出了血。后来,少严曾对好朋友王清远说过:"人咋还不如那些窑窝里的鸽子,土匪来了,鸽子扑哧一飞,土匪没有啥法子了。"

土匪一看两人都断了气,匪首叫人进到屋子,开了箱柜,取走了老布手帕包裹了几层的银元。在屋里屋外搜刮了一通,啥都没有寻见,他开始怀疑线人话语的真假。

趴在另一口窑窝的魏少严流着眼泪,为了保命,他没有任何动作。直到土匪们浩浩荡荡出了村子,他才被隔壁的王积善救了下来。

第二天,魏少严在邻居王积善的帮助下,把家里的凉席拿来卷了魏天绪和菜花,在魏家祖坟旁边埋葬了。从此以后,魏少严落脚在王积善家生活。

魏天绪和菜花在土匪来袭击的头一天晚上,将一百多件绿毛怪全部转移到了哪里,没有人知道。后来,王积善也曾多次问过魏少严:"你爹和你娘那一晚拉回家了那么多的绿毛怪,到底都藏在了哪里?"魏少严说:"我真个不知道,这绿毛怪把我爹和我娘的命都要了。"

不怕贼偷只怕贼惦记,土匪们一直把这件事情挂在心上,三天后再次带着人马来到古寺村。土匪头觉得,须挖地三尺,方可得宝。魏天绪家第一天被夷为平地,第二天又被掘地三尺,除了挖出来几个陶罐碎片,啥也没有找到。

美阳人都说,那些绿毛怪碰不得,都是害人的兽!

4 二十年后,远在南京从军的魏少严已经是国民党的一个团长,他在秦淮河边认识了一个年轻漂亮的女子,便娶她为妻。婚后一年,还生了一个儿子。魏家香火得到延续,魏少严自然高兴不已。在那一年的清明前夕,只身一人返回美阳县,他想回去看看,想给爹娘坟头上个香,说说话。

　　回家乡之前,老天一直下着连阴雨,他一路奔波,五天后回到了美阳县。在过美阳河的时候,听到枪声,他估计是土匪正在洗劫哪个大户人家。为了安全起见,就暂时躲避在废弃的窑洞里。第二天,魏少严就去给他爹和他娘上坟。

　　跪在坟前,他发了感叹,虽说男儿有泪不轻弹,但这一次,魏少严却是痛哭流涕。"满衣血泪与尘埃,乱后还乡亦可哀。风雨梨花寒食过,几家坟上子孙来?"此刻,魏少严想起明代高启的那首《送陈秀才还沙上省墓》,不由得吟起来。感叹之余,他又回想这些年,实属不易。他先想起少年时被抓了壮丁,跟着队伍从美阳到平凉,从平凉到西安,从西安到南京,东奔西跑,鞍前马后,为了出人头地,是何等的艰辛!活在当下这样一个乱世,人们除了与饥饿做斗争,还要和人做斗争,如此下去,何时是个休止。

　　躺在坟头的魏少严想着想着,就睡着了。他做了一个奇怪的梦,他梦见千军万马在自己的带领下奔驰在川道上,马蹄声淹没在四起的尘埃中,那些骑马的人都跟在自己后边奔跑着,欢呼着,自己成了将军……

　　在梦中,他似乎又听到了一种声音,那声音越来越清晰,好像就在耳边。那不是马的奔腾声,那是他娘菜花的声音。

　　他娘菜花喊着:"少严,少严!"他答应着他娘:"娘,你在叫我吗?"

　　他娘说:"赶紧起身,把你爷坟头的那个窟窿去填一下,去吧,快去吧。"

　　魏少严突然惊醒过来,吓出了一身冷汗。他环视四周,一切都是那么安静。他起身,拍打了几下身上的杂草,绕着他爹他娘还有他爷的坟头转了一圈,这一转,倒真发现了他爷坟后边塌了一个洞。他想,可能是黄鼠狼这害种打的洞,下雨又冲出来一个洞,用土填埋一下就行。不料一铁锹下去,竟然挖到了一个青铜鼎,他把那东西刨出来一看,凭着儿时模糊的记忆,他想起来,这不就是当年他爹他娘在一夜之间运回家、又在一夜之间消失的那些青铜器中的一个吗?那其他的呢?他又朝旁边挖下去,又出来一个。他当下激动不已,寻找了二十多年的答案出来了,一定是他爹和他娘在挖出宝贝不久的一个晚上,悄悄将宝贝埋在了他爷爷的坟里。"我的先人啊!"难怪土匪在他家挖地三尺,挖不到任何宝贝。现在魏少严激动而又恐慌,不知所措,那表情,与二十多年前他爹发现那一批绿毛怪时候差不多。他朝四周张望了一下,怎么办,挖还是不挖,他又犹豫了,这不是宝贝重见天日的时候,必须埋起来。于是他只取走了最早挖出来的那两件青铜器,然后将白土倒在坟头,将他爷、他婆、他爹和他娘的坟全部整修了一下,悄然离开了古寺村,离开了美阳。

多年来,魏少严心头的疙瘩始终没能解开。每当夜深人静的时候,他就想他爹他娘,想起爹娘被土匪烟熏火燎的那一刻,他更猜不透的是爹娘到底把那么多的青铜器在一个夜晚转移到了啥地方。是被土匪抢走了故意说没有找到?是邻居王积善偷走后觉得亏欠他家,就收留了他?还是埋在地下的东西长了腿,跑了不成?这么多的问题他都想过,甚至更多的可能他也想过,但他怎么就没有想到他家的祖坟呢?如今,所有的疑惑都被揭开了。原来,二十多年前,他爹魏天绪和他娘菜花挖了上百件青铜器,在那个晚上先是埋在自家麦包里,后来觉得不安全,就全部转移到自家先人的坟地里。

天有不测风云。1949年的春天,魏少严随国民党部队转移到台湾,离开大陆之前,他遥望西北方的家乡,心里惦记着祖坟里的那批青铜器。时局混乱,看来,这个秘密只能继续藏在心中了。

二十世纪七十年代中期,美阳县古寺村的农民正在平整田地,突然就从地里一道凸起的地埂处刨出一堆青铜疙瘩,便立即上报公社。半天工夫,就从公社到县上,再到省上,最后都惊动了中央。

一次性出土了一百多件青铜器物实属罕见,更为珍贵的是其中有七十多件带有铭文。考古专家从器物造形纹饰及铭文内容格式来分析,这应该是西周晚期的青铜器。专家还分析说,这批青铜器不是原本就埋藏在这里的,而是从别处转移过来的。大家自然不解其意。

　　村里有上了年纪的老人回忆说:在民国三年,美阳曾出土过一批文物,是魏少严他爹魏天绪和他娘菜花挖出来的,但是后来在一夜之间又消失了,先后有四五拨子土匪来搜过,把魏少严他家挖了底朝天,也没有挖出来半个青铜器。今天这个地方,就是魏家祖坟所在地,很有可能是魏少严他爹和他娘当年把那一批文物全部埋在了这里。

　　考古专家说,多亏当年魏少严他爹和他娘把青铜器埋在了坟地里,要不然,西周历史就此断代了。

故乡的硝烟

我赶到扶眉战役纪念馆的那天正巧是清明节，天空刚刚下过小雨，一些学生正在老师的带领下给烈士敬献花篮。

虽然，那是许多年前的事了，但作为西府人，我们不能忘记。

1949 年 5 月 20 日，西安解放，人民得以新生。此刻，不甘心失败的蒋介石如热锅上的蚂蚁，他想纠集胡宗南、二马部队反扑西安。为了巩固西安的政权，为了解放宝鸡，1949 年 7 月 10 日，中国人民解放军第一野战军第一、二、十八、十九兵团，在彭德怀司令员的指挥下，用枪炮再次将蒋介石的迷梦震醒：扶眉战役打响了！

7 月 10 日，人民解放军第一野战军以扶风、眉县为中心，突然发起全线猛烈攻击。他们兵分三路发起进攻：王震率第一兵团，沿户县、周至西进，击溃敌九十军后，14 日攻占了宝鸡益门镇；许光达率第二兵团攻克临平，经天度、法门、青化、益店，一夜行军七十五公里，插至敌军后方的罗局镇，又夺取了眉县车站，连续击退敌军十余次突围。后又激战十余小时，攻克扶风。将敌六十五军一部及三十八军、一一九军大部压缩于午井以南、眉县城北至葫芦口之渭河滩，与第一兵团配合围歼；周士第指挥解放军第十八兵团由西凤公路、陇海铁路西进，首歼漆水河两岸及武功南北线的敌人后，直插杏林、绛帐，击溃敌二四七师，歼灭一八七师主力，收复武功，并继续进军至罗局镇东南与第二兵团会师，合歼残敌；杨得志率解放军第十九兵团在乾县、礼泉阻击马鸿逵部，保证了扶眉战役的胜利进行。扶眉战役一举歼灭国民党部队共四万三千余人。7 月 14 日，宝鸡终于解放了，百姓一片欢呼！

　　谈起半个多世纪前的战争,一些上了年纪的老人仍然记忆犹新。家住扶风的一位老人曾经告诉我,一天中午,来了许多国民党部队,有的胳膊上缠着绷带,看样子是在逃跑。中午时间肚子饿了,他们把老百姓往出赶,一伙人就在老百姓家里做饭,把米饭刚刚做熟,随后追上来了解放军,他们就仓促吃上两口,有的甚至端着饭碗就跑了。随后来的解放军可不一样,他们见到惊慌失措的百姓说:我们是解放军,是咱穷人自己的部队!后来枪声响起了,百姓都躲藏起来,战斗进行得非常激烈,敌人死伤无数……

　　兵败如山倒,溃退的国民党部队如同潮水遍地漫流,官兵争相奔命。国民党第二四七师师长陈悼在接到撤退命令后,自己带了几个卫士逃命,渡过渭河后,沿小径进入秦岭山区,五天后逃到凤县,但已神经失常;副师长李惠民,渡过渭河后收容残兵,却发现已经是死的死,伤的伤,狼狈不堪。

　　在扶眉战役中,我解放军指战员壮烈牺牲三千多人,现安葬在扶眉战役纪念馆的共有七百多忠骨。

　　牺牲在眉县金渠的第二军六师十八团副营长栗政通,在给其妹的照片附言中写道:"这是我寸心的表白,当我为人民流尽最后一滴血的时候,让这张被战争锻炼成的肖像,随着你去漂泊吧!"

　　从西府战役到扶眉战役,扶风老百姓做出了巨大贡献,当然也损失惨重,后来的一组资料数据或许能反映当时的情况。在整个解放战争中,扶风全县先后组织担架五百九十六副,动员大马车两千四十九辆,牲口六千三十三头,车夫八千六十四人。全县支援粮食五万多石,军马料一万多石,征购枕木一万二千根,及时修复了被战争破坏的铁路和公路。当然,老百姓也有损伤,伤亡民夫六人,死亡牲畜二百六十四头,损坏大马车二十四辆。后来,解放军对征用的人力物力全部折价,累计赔偿牲畜款二千二百六十万元,赔偿车辆款二百三十三万元。对于粮食、草料、木头、军鞋全部折价,按数字付款到人,老百姓更是高呼解放军万岁!

斯人已去,英魂长存。1954年清明节前夕,扶风县人民政府动员全县开始收集在扶眉战役中牺牲的烈士遗骸。先是宝鸡派来专人召开了会议,安排部署,由扶风县政府组织,主要依靠群众,对烈士进行重新安葬。

由于时隔五个春秋,埋进黄土里的烈士大都剩下了白骨,有些掏出还可以复原,有的早已支离破碎,缺胳膊少腿的。乡亲们凭借记忆四处寻找,有些妇女手里拿着蜡烛和黄裱纸,烧纸磕头。有个老乡意外挖出来的一位烈士遗骸,手指骨上还扣着一个手枪,大家只得连他的手枪一同装进了棺材。还有一位烈士战斗中子弹穿透了肚子,肠子都流了出来,但他仍然没有丢掉冲锋枪,依然在射击,于是村子里就把一个还健在的老人的黑漆寿棺给了他。

扶风民间吹鼓手自发组成两个班子,集中奏乐,有的妇女说这些人的功绩很大,也将香蜡点燃,表达哀情。

到了清明节那天,天空阴云密布,细雨纷飞,在扶风县忠烈祠院内,上万人聚集在此,戏楼上悬挂着黑底白字"扶风人民公祭扶眉战役烈士大会"的横幅。两侧写着:"扶眉战役功垂千秋,烈士英灵永昭日月"。大会由县领导宣布奏哀乐,有三班唢呐队吹祭灵曲,全场默哀三分钟,鞠了三个躬。

接下来,县长用沙哑的嗓音念悼文:"同志们,我们扶风各界人民带着极其悲痛的心情,聚集在这里,悼念为扶眉战役歼灭国民党四万匪军、解放大关中壮烈牺牲的烈士们。今天凄风在这里哭号,泪水在这里飞落,他们和扶风人民一样为烈士痛苦哀悼……

一转眼,六十多年过去了。今天,烈士们留下的水壶、钢笔、望远镜和缴获敌人的枪炮,向人们讲述了六十多年前的那场硝烟与炮火。也正是他们的英勇,使宝鸡人民永远不会忘记这片黄土地在那个夏天,曾经发生过的"悲壮之歌"!

一个村庄的民国

一抹残阳下的村庄，静静地坐落在关中环线旁。村庄的名字叫七里桥，距离佛教圣地法门寺大约七里路程。

七里桥与关中环线的交接处是一条笔直的通村水泥路，路的两边各有一通高大的石碑。第一通碑刻着"正气所存"，是于右任先生为纪念民国时期的戏曲教育家王伯明先生所书；第二通碑刻着"福佑后世"，是七里桥百姓为纪念民国时期国民党三十四师师长公秉藩所立。从古到今，立碑或是歌功颂德、铭记历史，或是纪念祖先、教育后人。而在同一历史时期，同一个村庄的两位民国人物到底有什么故事让后人念念不忘呢？

站在七里桥的村口向西望去，此刻，那道残阳似乎放慢了脚步，这样的节奏让七里之外的法门塔显得更加凝重。而就在那时，我凝视那两通石碑，想去寻找民国的脉络，或者是民国的气息。

王伯明的孙子王昌安已经六十岁，他在临公路的自留地里修剪着苹果枝干，用庄稼人的行话说就是疏果，而他家地头就立着那通刻着"正气所存"的石碑。王昌安习惯把他爷称为举人爷。他一边疏果一边告诉我，举人爷生于1870年，光绪癸卯科举人，也是清朝扶风县最后一位举人了。民国初年，举人爷被推举为陕西省临时议会议员，省教育厅社会科员。举人爷最大的功绩就是与同盟会好友杨西堂、李桐轩、孙仁玉等人创办了陕西易俗社，后来还担任过社长。民国四年，受广州非常国会邀请，举人爷被孙中山先生聘请为大元帅府顾问。

时至今日，最让王昌安感到骄傲的就是举人爷当年拒绝贿赂的事情。民国十二年，直系军阀曹锟贿选总统，以五千元一票贿赂议员，受贿议员众多，但被举人爷拒绝，并说："此在他人则可，在我则不为，议员代表民意，若以气节易金钱，人将谓我何。若逼我，甚是促我毙命也。"好友于右任先生钦佩其气节，大书"正气所存"四字相赠。也就是今天纪念碑上所刻的文字了。

残阳渐渐消失了，天色暗淡下来，该是庄稼人收工的时候了。我们离开苹果园，来到王昌安的家里。好客的王昌安在仓库里给我翻腾出几个秦冠苹果，说是去年剩下的，尽管有些放久了，但味道不错，非要让我尝尝。我是在吃着秦冠的时候继续听王昌安给我讲述举人爷的故事。

王昌安又从王家当年高大的砖雕门楼和门口的两个凶猛的石狮子说起。说到举人爷在家时，王家经常是门庭若市，文人墨客不断，后来举人爷辗转西安、北京、广东等地，为了革命事业而奔波。在易俗社期间，他创作了提倡民主共和、反对封建专制的剧目，如《共和纪念》《欢迎议员》《自由恨》《开国图》《训俗享》《新审判》等作品，都在易俗社排练和上演过，也曾激励有识之士，轰动一时。忧国忧民的举人爷由于过度积劳，晚年不幸双目失明，他只得卖掉西安的宅子，带着家眷，赶着马车重返七里桥，而那时候，他们家又成了地下党人活动的联络点。他的夫人总是忙前忙后，为革命活动提供方便。由于举人爷的特殊身份，以至于王家一度被地下党人称为扶风的"英租界"。

王昌安还说，举人爷去世于 1942 年的初春，当时的国民政府主席林森，军事委员会委员长蒋中正，监察院长于右任都发来唁电致哀，并拨款助葬，易俗社也两次来扶风纪念演出。可惜举人爷的坟墓在"文革"时候被夷为平地，现在只能记得大概位置，每年清明祭奠，只能在麦地里烧些纸。如今，他最大的愿望就是恢复举人爷的坟墓，给举人爷一个交代。

王昌安把举人爷的故事讲累了，他决定带我去找公秉藩的后人。那时候天色已晚，但为了不留遗憾，我还是去了。因为王昌安告诉我，公秉藩也是个传奇人物。

村庄里有一个世界,世界里有一个村庄。遥远的民国被村庄里的人们传说着,也被遗忘着。好在历史的踪影偶尔还能够被实物所印证,比如村庄东头那所八十年前修建的心如学堂。摇摇欲坠的心如学堂与公秉藩的老宅正对门,这是一所四方形的学堂,坐南朝北,大门上部为青砖拱形,顶部全是精美的砖雕图案,有盛开的花儿和飘浮的云朵。大门一侧墙壁上"严谨治学"的标语隐约可见。进了院子,东西走向有一排砖混的平房,全部是蓝色门窗,上圆下方,很有民国的味道。随便走进一间教室,墙壁的黑板、梁柱都还完好,让人仿佛能感受到民国孩童那琅琅读书声。院子东面留下一道残缺的墙壁,依旧在经受风雨的雕琢。西边一通石碑静静的躺在草丛中,正面朝下,至于记载的什么,无人可知。

心如学堂的民国建筑风格,使我想起了青木川的辅仁中学。辅仁中学由自命司令的魏辅唐于 1942 年出资修建,而心如学堂则是由国民党三十四师师长公秉藩于 1935 年出资修建。如此算来,心如学堂还早辅仁中学七年。但无论早与晚,无论小学中学,无论司令还是师长,其办学目的都是教书育人。在今天看来,这一善举,都值得后人褒奖。

在公秉藩的后人宅院里,踏着一道石板条,我们进到堂屋,却遇到了意外。公师长那个已经八十多岁的侄儿躺在炕上,看样子是到了奄奄一息的地步。他的侄孙说,爹不行了,家里人都在给准备后事,但听说是了解他伯祖父的事情,他还是给我做了简单介绍。

公秉藩早年毕业于国民党中央军校高等教育班第一期,由此投身军旅,半生戎马。1929 年,关中大旱,公秉藩回故里省亲,目睹惨状,慷慨解囊,给邻近十村每户散银圆四块,以救燃眉。消息传出后,四方难民蜂拥而至,不到两天,散发了七八千块银圆。此时,饥饿病妇携儿带女,依旧不绝,公秉藩不忍却之,遂派人借银圆五百,又悉数放出。事后,当地百姓编了一段顺口溜:"七里桥,八里宽,十室九空断炊烟。公师长散洋七八千,赈济穷人渡难关。"

　　公秉藩义务修建学堂免费教书育人也罢,开仓赈灾救济百姓也罢,都是善举,是为人之道。但作为军人,他也有不光彩的一面。一件是1931年5月,作为国民党二十八师师长的他与毛泽东带领的红军在井冈山打仗,被红军俘虏,他却化装成普通士兵得以逃脱。另一件事是1941年5月,作为三十四师师长的他,在参加中条山战役时被日本人俘虏,后来投靠汪精卫。解放后,公秉藩被列为战犯,判刑十年,但由于之前做过一些善事,1953年又把家里珍藏的商代青铜鼎捐给政府,全力支持抗美援朝,因此被特赦回到七里桥,从此成了普通农民,耕地种田。

　　这个初夏的夜晚,民国早已远去了,村庄却依旧。天空中的星星还在眨巴着眼睛,而我是借着月光离开了七里桥村的。遗憾的是,我始终不知桥在何方。好在,我知道了一个村庄的民国。

我在青石路上
散步
思考着岁月

一片瘦叶飘落
我分明听见
岁月弹奏的欢乐与寂寥

我开始感叹她的短暂
而她却说
岁月 尚不过生命
没有什么
值得我去忧伤

古迹拾韵

陈仓凤凰台上美丽的传说

　　宝鸡也是凤文化的发祥地,有关凤凰的美丽传说众多。其境内许多的地名与凤凰有关,如宝鸡的凤翔县、凤县,岐山的凤鸣镇等。

　　听朋友说,在宝鸡东南陈仓区磻溪镇凤鸣村东边不远的山顶上,有一座凤凰台,遂想去看看。不料到了那里,打听半天,才知道今天的凤凰台早已只剩下一个土台了。

　　附近的村民告诉我,因时代变迁,原山顶上的村民大都搬迁至山下,加之交通不便,现很少有人登临古凤凰台。不过,在距离古凤凰台约两公里处,有元朝道教大宗师丘长春曾修炼过的清风台,今人在此立有一石碑,上写有"凤女楼",以做纪念。

　　长期研究周秦文化的蒋五宝先生告诉我,汉朝刘向所著的《列仙传》中记载有萧史弄玉的故事。传说在秦穆公时有一位叫萧史的青年,他善吹箫,吹得动听时,白鹤、孔雀都闻声而来。优美动听的箫声也被同样喜爱音乐的秦穆公女儿弄玉听见,她便常来这里和萧史幽会,萧史也教弄玉吹奏凤鸣之声。后来,秦穆公将弄玉嫁给了萧史,自此,两人常常一起吹箫。每当吹得十分投入时,会引得真凤凰飞临他们的家,秦穆公为弄玉夫妇筑了一座凤凰台。

　　他们吹箫引凤的快乐生活很快就感染了秦国上下的青年男女,但秦国的一些大臣开始向秦穆公反映说,如果青年人都跳舞唱歌,会败坏国家风气,必须严厉制止。萧史弄玉感觉压力巨大,为了不难为父亲,一天,萧史弄玉夫妻双双乘凤凰向远方飞去了。秦人后来在台上建了一座凤女祠作为纪念。

　　自秦以后,许多的文人墨客在此留下了佳作。如李白在唐天宝十二年的时候留有《凤女诗》一首:"尝闻秦帝女,传得凤凰声。是日逢仙子,当时别有情。人吹彩箫去,天借绿云迎。曲在身不返,空余弄玉名。"唐朝诗人岑参在《凤女台》中写道:"秦女去已久,仙台在中峰。箫声不可闻,此处留遗踪。"明代方新作诗《凤女台》:"弄玉空洞销寂寥,碧云无际水迢迢。丹青不画乘鸾女,夜夜月明闻洞箫。"

　　大约到了晋代,凤凰台和凤女祠都已坍塌。今天的凤凰台经过风雨的洗礼,也仅留下一个土台。但这个浪漫的故事却给后人留下了深远的影响,例如:女婿的美称就是"凤婿"。有的诗人把建筑华美的山亭比作"凤台"。同时,萧史弄玉也是我国最早的音乐家夫妇。

横渠先生与横渠镇的不解之缘

自眉县城向东,沿310国道行走约二十三公里,就到横渠镇。

我想,如果没有张载,横渠镇或许就不会有今天这么大的名气。

今天看来,镇子依旧是那镇子,只是数百年前的木阁楼早已经被混凝土建筑所代替了。而秋风的到来,使街道两旁的杨树叶子随之飘落。街是冷清的,如同祠内那些残碑断字一样静逸。那棵据说是张载亲手栽植的柏树,如同在向天诉说什么,使张载祠显得沧桑。

先生的关学思想对后人影响深远,意义重大。但当我们回到九百多年前先生当时生活的北宋时期,再读先生的人生,感触更深。

从开封到广元,从广元再到眉县横渠,先生走得如此地艰难。从横渠到京城,先生又承受了怎样的苦难,我们不得而知。十五岁的时候,先生的父亲病逝于四川广元,为了返回老家河南开封,先生携弟张戬,护父灵柩越巴山、出斜谷,一路跋涉,当行走到今眉县横渠镇的时候,路费所剩无几,加之逃荒过来的百姓说前方发生了战争,他们一家只得暂住这里,并将父亲安葬在眉县横渠的迷狐岭。随后,先生一面奉母教弟,一面读书。当时,北宋的西北边境时常有外族侵犯,这一带的老百姓流离失所,苦不堪言。于是,先生虚心向彬县人焦寅请教,学习兵法,并组织民团,准备收复失地。他精心写成《边议九条》,上书当时在延安主持西北防务的范仲淹。作为文人的范仲淹自然很赏识先生这样的人才,或许是在月下,两人共饮一壶酒,一夜畅谈,范仲淹看出了他思想上的深邃和卓越的见识,鼓励他弃武从文,以此实现远大抱负。于是他在一个清晨,带着范仲淹的嘱托和希望,离开延安,又回到了横渠。

　　其实，从经历来看，先生的一生，大部分时间是在眉县横渠书院著书立说，授徒讲学。或许还真的是这样的环境成就了先生的大彻大悟，提出自己对万物的认识，树立了自己的关学思想，即关中之学。先生思想丰富深邃，博大精深，特别是提出的"民胞物与""学贵有用、经世致用"等观点，包含着深刻的哲学思想和和谐理念，极具现实意义。

　　先生在做云岩县令时，办事认真，政令严明，处理政事以"敦本善俗"为先，推行德政，重视道德教育，提倡尊老爱幼的社会风尚。据说他每月初一召集乡里老人到县衙聚会，常设酒食款待，席间询问民间疾苦，提出训戒子女的道理和要求。县衙的规定和告示，每次都召集乡老，反复叮咛让他们转告乡民。

　　先生的一生，两被召晋，三历外仕，著书立说，终身却是清贫的。他晚年第二次进京为实现人生报复，却落了空，加之自己感觉身体也不行了，在当年农历十二月返回横渠的途中，当行至临潼的时候，当晚住在馆舍，沐浴就寝，翌日晨与世长辞。享年五十八，临终时只有一个外甥在身边。在长安的学生闻讯赶来，才得以买棺成殓，后葬于迷狐岭其父张迪墓的南边。

　　先生怎么也不会想到，横渠这片土地竟然成了他一生的归宿，横渠也成就了他日后影响深远的思想体系。他将自己的灵魂和躯体一起安葬在不远处的迷狐岭。虽然先生一生终归没有走出横渠，可是他的思想却传遍中国大地，在后来的元、明、清都有很大的影响，现在更是漂洋过海，被世人学习，感悟那深刻的哲理。

　　"为天地立心，为生民立命，为往圣继绝学，为万世开太平。"有学者说，这四句话最能表现出儒者的襟怀，也最能彰显儒者的器识与宏愿。

九成宫醴泉碑之命运

有时候,我想,九成宫的命运不仅仅是大唐王朝的命运。

一千三百七十多年以后,尽管这里只留下几根石条和一些残木柱,但是九成宫没有被世人遗忘,因为它还留下了一件千古不朽之作——《九成宫醴泉铭》碑。

麟游县山清水秀,早在隋代,帝王就曾在此营造有仁寿宫。到了唐贞观五年(631)加以扩建,并更名为九成宫,为皇帝避暑之地。李世民、李治都曾到过此处。武则天以后,九成宫逐渐荒芜,唐末毁于洪水。

大约在十几年前,我曾与一位画家老师到麟游的九成宫镇。那时候,参观醴泉铭碑的人甚少,好在当地政府已经有了保护措施,将原碑移到室内,并且罩了玻璃。看门的中年妇女把钥匙挂在门卫的墙上,当我们说要去看看的时候,她取下钥匙,便给我们开门,且说,这石碑没啥好看的。画家老师笑笑说,的确没什么好看的。"文革"时期,石碑被红卫兵推倒,扔在麟游的街道,还被抡了几大锤。这岂不是一种悲哀吗?

看门妇女当然不会知道,就是这样一个藏在深山里的《九成宫醴泉铭》碑,后来被世人称之为三绝碑。因为它是魏徵作文、记录唐太宗之事,由欧阳询书写。全碑文共二十四行,每行五十字,总计一千一百余字。是欧阳询于公元 632 年 (唐贞观六年) 六月书写的,距今已有一千三百多年历史了。

据《九成宫醴泉铭》碑文记载:贞观六年四月十六日,唐太宗来到九成宫,沿途观赏楼台亭榭,他信步走到西城的背面,在高耸的楼阁下徘徊。忽然发现这里的土地略显湿润,于是就用手杖掘地,结果泉水随之涌出,便叫人在泉水边砌上石槛。泉水清澈如镜,水味甘甜如醴酒。君臣们认为这样的水日用日新,舀取它用之不尽,是象征着大唐新盛的吉祥之兆。全文还叙述了"九成宫"建筑的雄伟壮观,歌颂了唐太宗的治国有方以及节俭精神,是初唐散文中的一篇佳作。

清嘉庆年间,麟游来了个叫翟云魁的知县,今天看来,他或许就是一位博学而有见识的人,当他发现沉睡已久的石碑后,曾修建房屋,将其保护起来。可惜到了二十世纪三十年代,碑屋坍塌。1959 年,陕西省文物管理委员会拨款构屋保护。"文革"期间一度遭到破坏,石碑被遗弃在县城街道,也差点被红卫兵砸成两截,好在有识之士保护,才得以保存。1986 年,政府重修碑亭加以保护。虽然碑石现今尚存,但因历代捶拓过多,磨损很大,已非原貌,字体已多有损伤。碑身也因地震、水灾及人为损坏,已形成四道裂纹。

说到九成宫碑我们不得不提到一个人,他就是现代著名书法家任步武先生。原碑文十九个字缺少,三十九个字残损,一百八十个字渤蚀不清。任步武先生便自费在耀县买来一块重达七吨的墨玉做石碑。并发动十几个学生,历时六年,将九成宫醴泉铭碑缺少、残损不清的二百三十八个字都临补上了,引起海内外轰动。国学大师文怀沙欣然题词:"存亡继绝,光照初唐。"

1988 年,"九成宫"杯全国书法大赛的成功举办,使得这个沉默千年的杰作再次步出深山,轰动海内外,它又一次被世人所认识。自此以后,更多的专家、学者、书法爱好者不远千里万里来到麟游瞻仰。

曾听朋友讲过这样一个故事,在二十世纪九十年代初,有日本游客走到碑前,惊讶地问工作人员:这就是《九成宫醴泉铭》原碑?我们从小学习书法就临习九成宫字帖的!说完,立即虔诚地跪地膜拜。可见,书法艺术是多么的神圣!

今天,祖先留给我们的碑依然矗立在深山,它不仅仅见证了大唐的辉煌,也历经了中国的千年风雨雕琢,更像一位沧桑的老人,有许多深藏的故事,都深深地刻入了碑中。

九成宮泉銘

祕書監撿挍侍中鉅

鹿郡公臣魏徵奉

勅撰

为东湖的沉默而歌

淳朴善良的雍城百姓说凤翔有三宝:西凤酒、姑娘手、东湖柳。诗人则曰:东湖暂让西湖美,西湖却知东湖先。

东湖!还有多少人记得这个被西北风雨雕琢了近千年而依然沉默、安逸的一汪湖水?

2007年秋,荷叶飘香,风姿绰约。杭州"中华名湖秀"采访团专程来到凤翔,看望西湖的姐姐——东湖。那次活动中,他们选择了国内外的四十二个名湖作为采访对象,而在陕西选择的唯一对象就是凤翔东湖。

其实,苏东坡当年就有诗云:"闻音周道兴,翠凤栖孤岚。飞鸣饮此水,照影弄毰毸。"据传在周文王元年,有凤凰在此地饮水,周人认为是祥瑞之兆,故名"饮凤池"。 公元1062年,苏东坡任凤翔府签书判官,他倡导官民借"饮凤池"原址挖掘,疏浚扩池,引城西北凤凰泉水注入,植柳种荷,建亭修桥,将池变为湖。建成后的湖因地处凤翔城东,所以命名"东湖"。

那些前朝往事只是给东湖增添了几分凝重之美。东湖分别在明、清、民国时期有过十多次修葺,亭台楼阁相继增多,湖体随之扩大,逐渐形成内、外湖,如今已经占地约十六公顷。在风中,湖内水荷交融,湖岸古柳摇曳,奇石林立,曲径通幽,建筑古朴典雅。苏东坡虽为官却不失文人雅兴,至今仍然保留在东湖里面的《喜雨亭记》不仅是散文名著,也是他当年为官为民的真实写照。而其他历代文人墨客诗词石刻也比比皆是,给人以古朴典雅,博大精深之感。

水是有灵性的,湖和人自然就有相通之处了。

苏东坡同为东湖和西湖的"总设计师",他怎能想到,历经近千年风雨雕琢后,杭州西湖出脱得愈加靓丽动人。而坐落在古雍城的东湖,却洗尽铅华,以其厚重的历史沧桑而沉默。其实,苏东坡是应该知道的,就像他一生在官场上那样凄凉而富有戏剧性,他曾为官高升至翰林学士,也曾降职为黄州团练副使,期间也有几次濒临差点被砍头的境地。时过境迁,今天,他留给后人的除了一些故事和诗词,更多的则已随风沉入那深深的湖底了。

子牙神话

　　我真的不知道是姜子牙造就了周王朝，还是周王朝的历史印证了姜子牙的预言。

　　其实，从先周时期的古公亶父起，就盼望能得到一位圣人。一位能治国安邦的贤才，一位能指点江山的神人。没有想到，这个历史重任，居然落到了年过八十的姜子牙的头上，而且又那么富有传奇色彩。

　　当历史进入到了殷商末年，君主暴行，忠良被害，百姓饥荒，殷商王朝渐渐走向衰亡。与此同时，地处商朝西边的属国周却在渐渐地壮大起来。也许是在这个时候，姜子牙听说周伯姬昌施行仁政，经济发达，政治清明，社会稳定，便很想为兴周一展雄才大略。而此时周文王也正在为治国兴邦而广揽天下人才。于是姜太公便下定决心，离开商朝，来到了周的领地渭水之滨。当他站在磻溪河边，看到这里群峰峥嵘起伏，重峦叠嶂，便选择风水宝地住了下来，每日以钓鱼为生，一来充个饥，二来随时观察世态的变化，寻找大展宏图的机会。可是他自己也没有想到，这一钓却钓了十年。因为他的鱼钩是直的，而且只钓王侯将相，自然就不容易了。

　　三千年以后的今天，在宝鸡磻溪河钓鱼台的石壁上，有篆书"钓鱼台"三个大字。在溪水之中的石头上，有一个双膝的印痕，被称为"跪石"。

　　好在姜子牙用直钩钓鱼，并且只钓王侯将相的事情终归还是传到了周文王那里，这自然也是达到了姜子牙的预期效果。在历史典故中是这样说的：周文王得知姜子牙垂钓之事后，立即派儿子姬发(武王)前去请姜子牙出山。姬发来到钓鱼台，可是姜子牙却不理会，只顾垂钓。突然见他将竿子一挑，钓上一条小鱼，口中念道："钓钓钓，大的不到小的到。"姬发在一旁发愣。姜子牙将钓上的小鲤鱼剖开，发现鱼腹内滚出一块"璜石"，他随手将璜石往河边一丢，不料璜石突然变成一块巨大的碗形石，这就是今日屹立在钓鱼台的那块巨大而奇特的"丢石"。按照这个典故，在清乾隆五十九年三月，宝鸡知县徐文博书写了四个一米见方的苍劲大字"孕璜遗璞"。

姬发明白自己没有资格请动姜子牙，便回去告诉父亲周文王。看来只有文王亲自出马了。当周文王来到这里，他站在磻溪河边一看，这里的确翠柏葱绿，水色碧透，绚丽诱人。实为圣贤隐身之处，神仙出没之地呀。与此同时，他也见到了这位请不动的老头子。望着白髯飘飘、精神抖擞的姜子牙，文王默然，这难道就是先祖们一直期盼的能兴我周王朝的圣人吗？与此同时，他也想到一位智者在溪畔苦苦等寻良主，一等就是十年啊！这其间，有多少失落、执着、期待。于是，周文王疾步来到姜太公身旁。他或许是盘腿而坐于钓石之上，与子牙畅谈天下，不知过了多少时辰，更不知到底过了几天，因为他们谈得太投机了。最后，周文王轻语一声："子牙……"之后，就是文王拉车了。传说周文王为了表示诚意和敬意，亲自用一架木轮车把姜子牙拉出了磻溪河谷。路上，车子的襻带断了，文王坐下来歇息，姜子牙问文王是否记得拉了多少步。文王说八百零八步，于是姜子牙告诉文王，你共拉了我八百零八步，我将保你江山八百零八年。文王听了赶紧站了起来，表示要继续拉。姜子牙摇了摇头，说，事情已成定局，天意！最终，在牧野之战后，商朝被灭亡，自此周王朝建立。

今天，在宝鸡钓鱼台之前的路口，立有一座"文王拉舆"雕像，气势很是宏伟，仰目而望，令人敬意顿生。

的确，在中国历史上，西周与东周相加达到八百年，成为中国历史上统治时间最长的朝代。从而在中华五千年历史中写下了重重的一笔。

当然，周王朝存在的时间长短与姜子牙说的那句话是没有任何关系的。但是姜子牙在周的发展初期，给予了周更多的财富，我们必须得承认他给周王朝留下的一切,无论是他的兵法、思想,还是他的治国策略,都是功不可没的。

金阁流霞

  "宝鸡有个金台观,离天只有三尺三",老百姓流传的这句话虽然夸张,但起码说明金台观的确很高。

  居住在宝鸡市区的人们,在如今快节奏的生活和工作之余,大多数人宁可到北部陵塬的顶上去兜兜风,吃个农家乐,也少有人愿意在半山腰的金台观去找长发道士谈谈"道可道,非常道;名可名,非常名"的修身内涵了。

  金台观始建于元末明初,是目前宝鸡市区唯一的历史古建筑,也是宝鸡标志性的建筑。经历了明清时期风雨洗礼的金台观,基本保持着原有的姿态。整个观内建筑布局依北坡山势而建,有上下两院。观内建筑古朴,风格独特,绿荫蔽日,鸟语花香,曲径通幽。主要建筑左右对称,是黄土高原上道观固有的特色。现有玉皇阁、三清殿、八角亭、三丰洞等建筑及朱楹雕栏,古朴而壮观。

  文人墨客向来是喜欢名胜古迹的,"金阁流霞"早已被誉为宝鸡八景之一。如果是在旭日东升时,或者是在夕阳西下的傍晚,站在高处看金台观最有名的玉皇阁,会看到飞阁上下霞光灿烂,光流天际,一片金碧辉煌的景象。玉皇阁创建于明代万历年间,坐北朝南,自外观看是两层,实际内部是三层的楼阁,一、三层皆有回廊环绕,前后有门可以穿过,登高远眺,气势雄伟。

  今天的金台观是明朗的、开放的。站在观前,宝鸡城市韵味尽收眼底。细看山下群楼林立,路上车水马龙,行人熙熙攘攘;远眺秦岭重峦叠嶂,山姿袅袅,雾气层层,青翠欲滴,渭水幽幽,穿市而过,萦回若带;观内金径迎风,古洞苍松,好一派秀丽迷人的风光。

　　也有人说,金台观能够声名远扬,完全是由于道坛怪才张三丰在此打坐过的缘故。张三丰,这个在传说中不修边幅的人,是在做了不到两年的县官后,开始云游四方的。在今天看来,他还是有魄力的。他历览群山古刹,奔波了近三十年,最后还是看中宝鸡这块宝地。据说当年他远眺秦岭,鸡峰插云,三峰挺秀,就自称"张三峰"。后人之所以将他从人升华到仙,是他自有超人之处。传说他的品德超凡脱俗,乐善好施,学识渊博。至今保存完整的"瓜皮书"碑,是一幅书法杰作。就连张三丰为百姓治病用的翻耳罐,都有一段离奇而美妙的传说。

　　静是一种美。今天,三三两两的道士在这里过着平静安逸的生活,伴着香炉中的青烟,或读书,或感悟,了却着余生。金台观自然也被这种静而浸染了,它坐落在宝鸡这座城市的某一个高度,以它固有的古朴典雅之势,讲述着一种道文化。

寻找消失的古弸国

  第一次听说古弸国是在很多年前,能够记住这个名字,是源于它的神秘,后来查史料方知,这竟然是一个有着三千年历史的古国。那么它到底来自哪里,为什么消失,一直是一个难解的谜。

  1974 年至 1981 年,宝鸡考古工作者先后在宝鸡市南郊的茹家庄和竹园沟等地发掘了二十多座西周古墓群,并出土了大量精美青铜器以及玉虎、玉兔、玉鱼等器物。考古专家从墓中出土的青铜器的铭文里发现了一个古怪的文字,这个字由弓和鱼两部分组成,所以考古工作者把这里称为古弸国遗址。自此,这些西周墓群也基本构建起来一个古弸国王室家族的历史脉络。

  宝鸡南郊的茹家庄,与竹园沟相距不到三公里,两个村子都是南依秦岭,西临清姜河,北边遥望渭河。为了考证一个消失的古弸国,我曾多次到达这两个地方,寻找历史痕迹,然而,却倍感遗憾。

  在茹家庄遗址处,只能看到当年参与发掘的有功人员名单,以及一块刻有"茹家庄遗址"的石碑,从记录的文字可以看出,这里曾出土过有别于中原文化的文物,从铭文中发现一个西周失去记载的小诸侯国"弸国"。当年发掘处已经与周围其他的土台塬没有什么区别,长满了杂草,偶尔有坍塌的土块。

  在竹园沟更是没有找到当年发掘的现场和石碑记载,只有一块石碑上刻着"竹园沟",其碑文记载竹园沟是因为其山沟里盛产竹子而得名。而当年出土文物的地方,早已成为宝鸡市的自来水厂。

  有学者认为,弸人是一个有着悠久历史的氏族,其文字记载可以追溯到商代，甲骨文卜辞中就已经有"彊人"和"子渔"的记载。传说这一支部落最早居住在白龙江流域，在商代末期迁徙北上，自城固、洋县、陈县、徽县、凤县，到达宝鸡秦岭北麓扎根，或者是循嘉陵江北山，在凤县暂时居住，最后到达宝鸡的清姜河附近，驻扎在了益门、竹园沟、茹家庄一带，于商代末期建立了彊国。很可能为了能在逐渐强大起来的周国有一定的势力，他们与周人的嫡系联姻。周灭商以后，为了巩固政权，两次实施封侯，将王亲贵族和少数异姓重臣封为诸侯。从考证来看，宝鸡附近就有散、虢、井、彊等诸侯国。

当然，还有人认为，这个部落应该为西部羌族的一支，商末时期迁移到秦川西缘的宝鸡一带。周初期，因为相佐周武王伐纣有功，被册封为伯，成为周京畿内重要的方国之一。但后来不知什么原因，由于周王朝内室发生重大变故，关系紧张，周在很短的时间内把彊给灭掉了。这一点，或许从1976年发掘的古彊国君王墓葬中可以得到一点佐证。

也许，残留下来的彊人会沿着祖先来时的足迹再次翻越秦岭，一路南下，为了躲避灾难，他们从此不再称彊，消失在莽莽秦巴大山中。

如今，宝鸡市政府发展旅游业，在今天渭滨区太平庄附近修建了古彊国公园，把这个消失的小国，再次推到世人面前。

秦岭深处观音堂

自宝鸡向南进入秦岭，在约二十公里处公路旁，有一古建筑群，其气势恢弘。在正殿中间有一横匾，上书"观音堂"，这是一个名气不大却有悠久历史的庙堂。该庙堂坐西朝东，庙院内建筑群疏落有致，前后有两个大殿，左右两边各有一间汤房，后殿石崖下有古泉一眼。

相传大约是一千四百年前的隋朝时期，在宝鸡的岐山县，有一位姑娘，父母早亡，家中只有兄嫂，姑娘自小满头疥疮，相貌极为丑陋，村民都讥笑她永远嫁不出去，她只得每天放羊。有一天，她遇到一个头发雪白、衣衫褴褛的瞎眼老妪，由于饥寒交迫，老妪的拐杖竟无力支持，昏倒在路边。姑娘见状，急忙上前脱下自己的衣服为老妪取暖。老妪醒后，十分感激，当得知姑娘备受世人冷眼后，很同情她，就随手送她一把梳子。回到家中，秃姑娘拿出梳子，上了阁楼梳头，只一下头上的秃痂就掉了，第二下长出了头发，第三下，满屋生光，第四下屋里奇香……

这一景象都被嫂子偷看到了，便问她梳子怎么来的，姑娘就把遇到老妪的经过说了一遍。梳子被嫂子抢走了，并且不给她吃饭。心灰意冷的姑娘只得带上衣物，跋山涉水远走他乡。走啊，走啊，走到了秦岭深处，感觉腹内饥饿，忙取出随身带的米粒，投入泉中，霎时泉水沸腾，香味扑鼻。翌日，哥哥想到妹妹好久未归，便一路寻找，在秦岭山下的一个大石崖洞里，见到妹妹已在一块莲花石上坐化了。

此后，村上人传说，此女为南海观世音菩萨，戴一副丑面具，来世间观察民情。当时她行至秦岭深处，见风景优美，当地百姓日出而作，日落而息，夜不闭户，路不拾遗，悟心大动，就地坐化，以求与此山、此水、此民永远在一起。后人就把那座山叫观音山，在坐化的地方修建了观音堂。把她下米做饭的泉称为"悟泉"，据说悟泉水清澈甘冽，永不干涸。

据《宝鸡县志》记载，隋以后就有观音堂，嘉靖年间有重修和增建记载，清乾隆时期江南江府娄县、兴安府安康县及陕西合阳县、宝鸡县陈仓驿等地会首，募集资金维修。之后因年久失修，庙宇多处被毁，在民国和新中国成立以后多次对庙宇进行维修。

今天，观音堂的青砖绿苔和石雕残碑向人们讲述着那些久远的事情，解读他们，我们依然能想象出古代盛唐的善男信女朝拜的景象。

观音堂的命运也多舛，不远处的大散关自古就是兵家之地，史上在此发生战争无数，坐化的观音自然也见证了秦军蜀兵，宋将辽营，见证了南来北往商贾、车夫，以及进京赶考的秀才……

闲暇时，登临观音堂，由后殿登台阶上山，时有胜景入眼。花香林茂，奇石残洞，各路神仙，使人心旷神怡。行止半山腰上远眺，有秦岭山势的峻峭，幽幽姜水的曲声，百姓安逸的生活，观音从容的微笑，形成了独特的风韵。

曾经沉睡在荒野中的石鼓

　　那天中午，我做了一个梦。

　　时间是唐朝初期，地点是陈仓石嘴头。那天，或许是一个文人墨客登临此地，他站在高处，向北遥望，悠悠渭水之中，方舟荡漾，他正想赋诗一首，却无意中发现身旁杂草中的那些石头，上面长满了青苔，但这些石头的形状并不像百姓生产工具，于是他试着剥去青苔和泥土，上面渐渐出现了一些字符，像蚯蚓爬出来的一样。他想探个究竟，就问附近的老大爷此为何物，答曰："自幼就见其物，村民用其做碾不成，弃于此地，无人问津，更不知有字。"于是，他告知了凤翔府，来了许多的金石识者，惊奇地发现此物记录的是春秋时期秦国君的一次猎祭活动，是谓国之宝物。

　　梦醒后，我才想起来，这个故事可能是在哪本书里面读过的内容。

　　笨重的石鼓在先秦时期制作好以后，就沉睡在了荒野，到了初唐时期才被发现，后被迁到凤翔府。到了五代时期，石鼓又流失到了民间，直到宋司马池任知府时找回九块，一块流失民间，等找到时，已经被人凿成了米臼。大观二年(1108)，石鼓被迁到了东京(今河南开封)。并用金子填文，防止被人拓文。但宋金战争开始，石鼓落到了金人手里，他们自然不识货，只刮走了上面的金子，把石鼓不当宝贝给丢掉了。到了元朝大德年间，国子学教授虞集在北京郊区的淤泥中发现石鼓，他将其移置到了国子学大成门内。到了清乾隆时期，一次，乾隆皇帝到孔庙参拜，看到石鼓残破不堪的样子，叫人赶紧把它们用围栏保护起来，并按照原来的大小，又复制了一套石鼓。到了民国时期，抗日战争开始，石鼓先后被迁到了上海、重庆。抗战胜利后，石鼓被运回北京的途中，特意向宝鸡故乡人民展示了两天。

石鼓文是我国最早的刻石文字,为中国书法之魂宝。这些石鼓每个上都刻有四言诗,原文字约有七百余字,唐朝韦应物在《石鼓歌》中写道:石如鼓形数止十,风雨缺讹苔藓涩。今人濡纸脱其文,既击既扫黑白分。忽开满卷不可识……由此可见,一千多年以前,石鼓上的文字就已经不能全部辨认了。据北宋欧阳修《集古录》记载,其文可见四百六十五字,磨灭不可识者过半。到元代记载可辨文字为三百八十六字。因此,也给自唐以来多少文人学士留下了遗憾。如今,也只能从一部分可辨认的文字中想象这样的场景:国君带着一帮大臣侍卫,乘着马车,出行狩猎。他们带着长矛、大盾,还有许多的弓箭,车夫们"驾驾"的吆喝着。打猎得来了许多的猎物,有野鸡、野兔,比较大的还有野猪,麋鹿……

由于无法查到具体的制作年代,加之一部分文字残损严重,石鼓自唐初发现以来,就一直存在争议。唐韦应物在《石鼓歌》中写到:周宣王大猎兮,岐之阳。宋人郑樵在《通志略》中认为石鼓为先秦之物,作于惠文王之后、始皇之前。而近人罗振玉认为是秦文公时期制作的。据郭沫若考证,石鼓应该是秦襄公八年制作。还有的说是秦宣公四年。其他一些说法也有,但都有待考证了。

宝鸡是石鼓文化的故乡。这里孕育了繁荣的姜炎文化和周秦文化,被称为青铜器之乡。在这块对中华民族文明发展产生深远意义的土地上,也留下了许许多多神秘的故事,犹如那些石鼓,在两千多年后的今天,仍然给人们留下了一个个不解之谜。

远去的雄镇

在距宝鸡市区约八公里处，自宝鸡农校登西山，至西北方向有一隘口，即为益门雄镇旧址。作为古代宝鸡通往四川的门户，其在当时的政治、经济中占有不可忽略的地位。史书记载有"凡有事梁益者，必取道于此"。

据《宝鸡县志》记载：元末，李思齐在益门山口筑城为镇，屯军以防备朱元璋的蜀军。明初，徐达收汉中，自长安引兵屯益门。关于益门雄镇的规模，在明代成化年间进士白鸾（益门人）的《益门镇记》中有这样的记载：逐傍山之北麓，垒石为基，砌砖为台，裹铁为门，构楼三间其上，既完且美。由此也可想象老城当年的雄姿了。

随着时代的变迁，今天的益门雄镇已经杳无人烟，当年的老镇已是现在益门村的一个小队，仅有两三户人家，其余全部搬迁至山下。所余窑洞、土房大都成倒塌状，从随处可见的零星砖瓦片上，还可以看到历史的痕迹。在一户人家院子围墙的墙脚处，我曾发现有一块写有"益门雄镇"的石额，长约一点一米，宽约零点三五米。字体苍劲有力，在探寻益门雄镇之前，我曾在史书中看到这样的记载：在明弘治六年（1493）宝鸡县令许庄主修城堡，题写"益门雄镇"石额。清同治六年（1867），太平军在加固城堡时，将"益门雄镇"石额镶在了城门上。明进士白鸾曾在《益门镇记》中写道："余嘉许令尹之贤，窃自喜载名其上，于是乎记。"却不知这块经历了五百多年风雨的石额，在今天，连同其上所刻名字，一同斜躺在墙脚，无人理睬。我在一旁人家借了脸盆，端来清水将石额清洗，逐渐显现出来"益门雄镇"四个字，落款正是许庄。归还脸盆的时候，我问那家主人，这石额是文物，为何无人保护。他则说，前几年有个香港人过来，要给三万块钱把石额拉走,村里不同意,但也没有钱保护,就这样一直放在这户人家的墙脚。他还说,像这样刻字的石碑以前村里有很多,在"文革"期间,大都被砸烂后垫了磨坊。说着,他指给我一个破旧的房屋,说那个下面埋了许多。关于碑,我是无言了,只得继续去寻找历史。

回到大清康熙十三年(1674),那一年康熙下令撤藩,三藩之一吴三桂在云南叛清,二月吴军出栈道控制益门。康熙十四年(1675),有清军五百余人守于此地与吴三桂作战。当年十月,吴三桂派将军石存礼领兵八千出栈道,再次夺取益门,并分七营,窥视宝鸡。此时正遇陕西提督王辅臣拥吴叛清,清军力弱,清军将领下令"有能攻克隘口者,赏与克州县城同",士气大涨,英勇作战,连破吴军七营,缴获不少武器,直到康熙十八年(1679)年,清军彻底攻破了益门。民间传说,当年吴三桂领兵至此,遇渭河水涨,无法作战,又遇士兵大都得了痢疾,寻遍良方,却无法治疗。有村民告诉吴三桂,在益门山上有一药王庙,可以求药。吴三桂立即派人求药治病,几天后,士兵全部恢复健康。吴三桂甚为感动,令士兵采来大石块,亲笔题写"益门镇",凿刻后立于益门山中,但遗憾的是我没有找到任何记载,更无此碑。

在明末清初、民国初年的军阀混战以及解放战争时期,益门雄镇都是一个兵家必争之地。在新中国成立后,川陕公路、宝成铁路相继开通,益门雄镇失去了原来的雄姿,如今,渐渐地很难再找到历史的踪迹了。

和尚塬上的战争

大约是在七八年前,上海市政协、市民革人员,有关专家学者,以及民国时期西汉、西宝公路建设者的后代们开展了一次"重走西汉、宝汉公路"的活动。当他们到达宝鸡大散关附近考察时,上海卫视的一个记者问我和尚塬在哪里。我告诉他没有听说过这个地名,可他坚持说史书记载和尚塬就在大散关附近,一定不远。接下来又反问我,历史上这么有名的和尚塬之战,你竟然不知道,我无言以对。作为宝鸡人,真有点惭愧了。因此,我决定去寻找一下这个和尚塬。

好在很快在《宝鸡县志》查到这样的记载:和尚塬在宝鸡县城西南六十里,大散关之东,由上神岔入山,逾大王岭,涉东峪河,至塬三十里,其形边仰中凹,广袤约千亩。

有县志里的文字记载,加上附近老乡的指引,我终于在嘉陵江源头景区两公里处找到了和尚塬,令人感到惊讶的是秦岭山间,竟然隐藏着这样一小片高山草原。从地理位置来看,和尚塬与大散关同样险要,二者不相上下。史料记载:和尚塬为要冲,自塬以南,则入川路散;失此塬,是无蜀也。由此可见此塬在当时战争中起到的重要作用。

再来说被人遗忘的那场以少胜多的和尚塬之战吧。

南宋时期,宋军将领吴玠与其弟吴璘在此打败金军,和尚塬战役是南宋时期保卫川陕的一次重要战役, 也是中国古代历史上以少胜多的战争之一。公元1131年,宋、金两军在富平交战后,宋军战败,吴玠、吴璘两兄弟奉命收集了几千散兵,退守保卫和尚塬。五月,金军分两路,自凤翔(辖境相当今陕西宝鸡、岐山、凤翔、麟游、扶风等地)、自阶(今甘肃武都东南)、成(今甘肃成县),企图两面夹攻和尚塬。吴玠利用有利地形,依险据守,派兵轮番战斗,始终使两路金军无法会合。加之和尚塬一带尽是山谷,路多窄隘,金军的骑兵失去原来的威力,只好步战,金军初战终告失败。同年十月,金军再次出兵十万,架设浮桥,跨过渭水,在宝鸡扎营,准备与宋军决战后,进军四川。此刻,吴玠再次调整宋军部署,注意侦察金军的动向,并和义军相配合,乘金军攻势稍缓,出兵从两旁袭击,激战三日,击败金军,被俘金军头目三百余人,士兵八百余人。缴获器甲数以万计,取得了辉煌的胜利。

战争是血腥而残酷的。和尚塬大战时,吴玠、吴璘仅靠富平之战后所收集的数千散兵,抵御敌军十余万,敌众我寡。且和尚塬地处秦岭深山,粮食供给没有保障,但是吴玠、吴璘兄弟所带士兵英勇作战,感动了当地老百姓,他们在深夜偷偷给士兵送去食物。据《宋史·吴玠》记载说:"玠在塬上,凤翔民感其遗惠,相与夜输刍粟助之。玠偿以银帛,民益喜,输者益多。金人怒,伏兵渭河缴杀之,且令保伍连坐,民冒禁如故。"有百姓的支持,加之吴玠深明大义,士兵团结,齐心协力,终于击败了比自己多数倍的金军。

八百七十多年前的金戈铁马早已烟消云散。有山民说早些年在这一带,还能偶尔捡到铁矛或者铜钱。但今天,唯有一块路标指示着古战场的方向。

为孔子而生的燕伋

　　有幸客居古渔阳的千湖畔，从地理位置来说，我距离燕伋先生就更近了一些，只是时间上相差了两千五百年。

　　遇到晴朗天气，我会在晚饭后，登上千阳县城西边半塬上的望鲁台，其目的也仅仅是散步，消遣时光而已。登临的次数多了，心里就不怎么平静，作为一个喜爱人文历史的人，却不去写燕伋与望鲁台，未免有些遗憾。但当下，一座燕伋先生的汉白玉雕像，几通新旧不一的石碑，再加一个高高垒起的土包，又能够告诉我多少春秋往事呢？我只得搁笔，不熟悉的人和事，我是不敢妄加评论，何况燕伋先生是治学严谨的孔子的弟子，是七十二贤之一。

　　我只得站在三十多米高的望鲁台上向东方遥望，试图找到燕伋先生当年的轨迹。遗憾的是，连绵千山遮挡了我的视野，我只看到四周台塬上的庄稼地和那座不大不小的城池。有意思的是，千阳的面积是九百九十平方公里，人口十三万。而中国的面积是九百六十万平方公里，人口是十三亿。这个小县几乎是中国面积和人口的万分之一缩小版。关于这一点，燕伋先生自然是不知道的，因为他生活在两千五百年前的春秋，那时候中国还是四分五裂、群雄争霸的时代。他二十二岁那年由秦国到鲁国求学，当时已算是"出境"。

　　望鲁台的周边有几通不同年代的石碑，从碑阴的文字可以读出燕伋先生的一生。公元前 541 年，也就是周景王四年，燕伋生于千阳水沟乡燕家山一户耕读世家，十八岁娶妻，二十二岁遵父遗命至鲁国，师从孔子。五年后回乡继续耕读，居家八年，其间也当过几天小官，但后来又去鲁闻道于孔子。五年后返乡，传承孔子的有教无类思想，广收门徒，在千阳县城西裴家台设坛讲学。

如果说燕伋第一次自鲁国学成归来，就此执教一方，充其量也只能算孔子三千弟子的其中一个。但事情远远没有结束，燕伋因为思念远在鲁国的老师孔子，日日夜夜撮土足下，凝神东望，十多年的时间过去，竟然垒成一个高大的土台。也就是今天人们能够看到的望鲁台了。

虽然土台无声，却意义深远。土台不能告诉我太多的历史，我只得去一趟燕家山。

春秋时的燕家山距离千阳县城并不远，顺着千河南岸向西行，大约十多里路程。那里现在叫水沟镇，传说是燕伋的出生地和成长地。过了水沟镇政府所在地，继续顺着一条通村水泥路向山脚走去，要过一条十多米宽的水沟，沟内水流清澈，一路欢唱，奔向悠悠千河。而燕伋桥就坐落在水沟上，我想，这水沟镇大概是因此沟而得名吧。

传说燕伋的家就在这水沟旁边，但两千五百年前的一切早已灰飞烟灭，我还是找不到太多的历史踪影。好在还有一座燕伋墓冢。

燕伋小学位于水沟镇中心街道，那里看门的师傅将我带到学校不远处的土崖边，一座圆形的墓冢上长满了野草。在夕阳下，野草随风摇曳着。周边凌乱地立着几通大小不一的石碑，大致分两类：一类是燕伋后世孙辈所立，一类是在千阳的为官者所立。其中一通清代石碑上的文字密密麻麻，叫人无法辨认。时代近的还可读出碑文，大都是介绍燕伋生平。燕伋小学看门的师傅告诉我，以前这里石碑很多，但是在"文革"时期毁坏严重，就连墓冢也被平了，这些年政府重视文物保护，燕伋墓冢才渐渐被恢复原状，残存石碑还有七八个。

燕伋的妻子，我们已无法考证她的姓氏，她嫁给燕伋不久，燕伋父母双双离世，不等孩子出生，燕伋就去了鲁国求学。五年后，燕伋从鲁国归来，媳妇所生的儿子已夭折，这对于一个年轻女子来说，是何等的悲伤。但事情远没有结束,等妻子又连生两个儿子,原想该过相夫携子的生活了,但燕伋却辞去了秦国君给他这个"留过学"的人才所封管理户籍的小官职,从秦都雍城返回燕家山,他要在这里办学。此时,不仅他的妻子不理解,整个燕家山都轰动了。

燕家本是前朝望族,后来衰落,好不容易出了燕伋这样学有成就的人,他们都指望着燕伋在雍城做官,以便能沾上点光,因此燕家山是没有人支持燕伋在这里办学教书的。或许乡民们以为,你出国留学,回来就是为了当官;你辞官而回,却要设坛教书,倒不如放牛娶媳妇、生孩子养老好了,何必苦读这么多年的书啊。

如果事情就此也罢了,但八年后,燕伋第二次赴鲁国深造。时间到了公元前 484 年,孔子的儿子孔鲤去世,时年五十八岁的燕伋第三次奔赴鲁国去吊唁,安抚老师。欲返回时,孔子又去世了,他只得继续留下来守灵,当他六十五岁返回渔阳时,却已鬓须白发,完全是一个老人。

令我不解的还有一个问题,那就是燕伋先生三次奔赴鲁国,前后一共十七年,没有留下什么著作,那么他到鲁国都做了些什么呢?历史资料只有片言只语的记载。燕伋第二次在鲁国五年,随孔子瞻仰鲁恒公庙,学习礼乐;第三次赴鲁国吊唁孔子儿子三年,期间随孔子编撰《易经》;为孔子守灵三年期间,与师兄弟们一起整理和编撰《论语》。寥寥数笔的记载,却道出了燕伋参与编撰了中国古代智慧与文化结晶中的两部巨著。

如此看来,今天,我们早已忽视了燕伋在鲁国十七年的所作所为,只把他在家乡设坛教书的史实铭记,或者把他拘土筑望鲁台怀念恩师,作为一个尊师重教的道德典范而已。

写到此处,何尝又不能说,燕伋的一生就是为孔子而生的。起码,他的妻子到了老态龙钟时,一定是有过这样的感受了。

是在早春的正午吧
我肯着行囊
与你相遇

其实
我一直在用心感受每一个脚印
因为那是我
行程的标记

我也将你绘在纸上
只为了
五百年前的邂逅

品味山水

高峡出平湖

我相信，每个人的心中，都藏着一湖有灵性的水。

鸟鼠山这个地名真的有些奇怪，我曾到过甘肃渭源县，但可惜没有见到鸟鼠山。研究渭河源头的专家都认为渭河发源地就在鸟鼠山。不论她到底从哪里出发，好在一路缓缓地走来，突然就在宝鸡西郊约十一公里处的林家村来了一个急转弯，于是，周围的山和水，也都好像在这里改变了自己的原有姿态，向人们展示了一种自然的神秘。

当然，人改变自然的力量是无限的。在这个交汇处，渭水周围的四座大山被人们合理地利用了。在向东的这个出口，一个大坝巍然地横立在河床，这便是渭水流入陕西境内的第一大坝——宝鸡峡水库。坝上刻有文字记载，整个坝长一百八十米，高二百一十九点六米，迎水截流，气势宏伟，上游蓄水容量为八千万立方米，回水十四公里，水面面积约四平方公里，形成了高峡出平湖的胜景。

我站在大坝向西北放眼望去，这里地势险要，景色秀丽，湖光山色尽收眼底。眼前，一个急弯让人们无法看到水流来势的情景，使人向往。那巍峨的大山和横跨在两山之间的铁路桥，以及偶然飞过的水鸟，都被一一映在了水库中，有种空旷神秘的感觉。

据说，在现在的硖石河谷铁路桥的原址上，原来有一座壮丽的石拱桥，横跨东西两岸，其形状宛如一弯新月，远眺如雨后彩虹，称之为硖石虹桥。为古代宝鸡八景之一，可惜现已消失。

再向东望去，渭水河床骤然变得宽广，地势渐渐变得开阔了，河流的落差也小了，水自由自在地在这块沃土上舒展。在晨曦中，渭水萦绕又成为一道美景。

在坝的东北处有一支流，这就是目前宝鸡人工开凿最大的河流——引渭渠。任时光飞速发展，我们都不能忘记这个凝聚了千千万万劳动人民心血的浩大工程。

早在民国二十四年(1935)，国际联盟水利专家组到宝鸡峡专程考察。1936至1937年期间，黄河水利专家组对宝鸡峡进行勘探，但因经费等原因未能实施。新中国成立后，为了彻底解决渭北平原灌溉问题，陕西省再次把修建宝鸡峡工程立为重点。宝鸡峡从1958年开始建设，其间几经周折，终于在1974年完工。修建成的引渭渠从宝鸡市西边的峡口开始，东止泾河西，全长一百八十一公里，整个工程集引、蓄、提、排为一体，有大坝水库、倒虹、隧洞等五千多座。建成后的引渭渠就像一条生命的血管，在渭北平原上流淌着，给这片旱原注入生命的血液。

今天，坝上平湖绿水，坝下细流萦绕，北边引渭渠碧波荡漾。站在坝上，可以看到水的三种姿态，体验它们不同的韵味。

"雨后彩虹欲坠，渭水倒虹更美。飞珠溅玉映辉，银龙横贯渭北。农家牧歌晚归，坝上草绿风微。"这是诗人观后在此留下的美句，已被深深地刻在了坝上。

有时，人真伟大。

你是我怀里的一颗明珠

一座有韵味的城市,有了山才会有气度,有了水,才会有风韵。

我以为,宝鸡的渭河水没有兰州黄河的浩荡之气势,但她一路走得平缓而舒坦。宝鸡的金渭湖也没有江南水乡那些名湖历史的厚重,但她那与生俱来的清秀与端庄,犹如在宝鸡的图画上轻轻地抹了那么一笔。

金渭湖因势就形,依岸而建。她是被渭河河床拦的一个大坝而形成的一个人工湖。湖水总面积大约一百四十万平方米,最深处蓄水深度为三点五米。自2005年5月开始拦坝蓄水,从此以后,"湖天辉映"成为宝鸡人抬首可观的景象。美丽的山城,也因这一湖水而变得更有韵味。

宝鸡市政府为了给这一湖水取个动听的名字,经过广泛征集和论证,最终取名"金渭湖"。据说有三层含义:一是该湖位于金陵河和渭河交汇处,具有明确的指位性;二是金台、渭滨两区行政区域以湖心为界,北面属金台区,南面属渭滨区,两区对湖面拥有行政区域管辖权和保护权;三是顾名思义,有"金色渭水之湖"的雅意。

金渭湖的诞生给宝鸡人带来不少的好处。很久以来,渭河水时涨时退,形成一片片荒滩,闲暇的老头老太太也曾"占地为主",为自己在城市之中能拥有一小块菜地而欣慰,于是渭河滩被分成无数个毫无规则的小块块,有人甚至将庵棚搭建在荒滩,存在着极大的安全隐患。近年来,在宝鸡市政府的带动下,先后建成了渭河公园、金渭湖等休闲场所。自此,宝鸡渭河滩的历史旧貌得到了改变,原来的荒滩和那些小块块的菜地随着湖水的上涨而退出了人们的视线。细心的人们也会发现,过去走在河堤边上,当一阵风吹过,会有一嘴的黄沙,而现在是惠风和畅、空气清新了、湿润了。

一湖蔚蓝的水将美丽的山城倒映,城市因山水而美丽,居住在城市的人们因城市的美丽而和谐。

金渭湖渐渐成了人们休闲的好地方。两岸垂柳依依,鲜花盛开。无论走在岸边还是泛舟湖中,都能使人心旷神怡。一群白鹭在空中飞翔,偶然间发现了群山北边这一湖碧水。一条条鱼儿也不会示弱,在人们不经意的时候,突然一个跳跃。生态的平衡,使渭河的鱼种繁衍增多了,于是,"闹市钓鱼"又成了宝鸡的一大新景观。无论春夏,无论晴雨,桥头岸边,独钓的、三五成群的钓者自有钓者的乐趣。

清晨,当东方的太阳刚刚升起,阳光照耀在水面上,波光粼粼,两岸晨练的、散步的,老的、少的,走的、跑的、舞剑打拳的,好一片祥和景象,微风也吹来了一天的好心情。傍晚的湖更像一幅泼墨画,浓淡疏密,错落有致,再加上不远处秦岭的烟雾,给人以心灵的洗礼。

诗人因湖的风韵而多了几句诗,画家因湖的烟波而多了几分灵感,都市繁忙的人们,因湖的平静而得到放松,宝鸡市民也因湖的大度而找到了生命更多的感悟。

游马尾河

马尾河之所以叫马尾河,是因为其河形细长,宛如一条骏马的尾巴。她位于宝鸡陈仓区西南,发源于磻溪乡的秦岭北麓,沿潘太公路蜿蜒而下,全长近三十公里,系渭河的一个支流。

周末和朋友相约一起前往马尾河游玩,早晨从宝鸡出发到磻家湾,再向南朝太白县方向行走,眼前便会呈现出连绵不断的山脉,它们仿佛在向我们召唤。车子在畅美的磻太公路上行驶着,越往里走,随风便刮来了透明清澈的山水气息。公路上几弯小小的村落旁,农人将这个季节的"丰收"一一展现,西瓜、桃子、李子、野山果,果香果色,美不胜收。

过了陈仓区的雪山洞,约莫二十分钟,就可以看到马尾河最美的一段。我们沿石子小路来到河里,都急着挽起裤腿,脱掉鞋子,想早点感受一下河水的清凉。踩在河水里的卵石上,用手掬一掬透明的水,洗一把脸,任那水珠飞溅。青青的山影倒映于水面,山光水色,和我们的欢笑融为一体。抬眼向前方望去,河床小小的一段落差,形成了小瀑布。水平铺而下,又在水潭的石头上激起小小的浪花,发出富有韵律的激溅声音,然后迸着泡沫消失了。

这期间,朋友说想吸根烟飘飘然一下,却忘了带打火机,东借西借也无果,便唉声叹气的。有人支招:古人用钻木取火,现在正午太阳这么好,何不试试?受了启发的朋友并没有真去找木头尝试,而是借来眼镜,坐在一块大石头上,聚精会神地,一手拿眼镜,一手拿香烟,用眼镜将太阳光聚集到烟头。原来他是在利用光学原理点烟,不过好半天,烟没有点着,自己却已晒得满头大汗了。这让我又佩服起古人钻木取火时的耐力了。

　　孩子们来的时候就带了水桶，一心是想带几条小鱼回去。于是大家帮着"蓄水""拦坝"，将那似箭穿梭的野鱼苗儿挡住。越大点的鱼儿自然越机灵，难以捕捉，没有网，只得用手了。好在鱼儿比较多，大都是两厘米左右长。时而"单练"，时而"群攻"，有时候鱼没有逮着，衣服倒湿了半截。不过最终还是有成果的，不足半小时，那小桶里就逮了一二十条了。孩子舞着双手高兴地说："爸爸，回家把小鱼单独养起来，不能和爷爷的大鱼养在一起，要不然大鱼会把小鱼吃掉了！"大家都哈哈地笑了起来。笑声与水的叮咚声一起回荡在那山谷中。

　　午后，我们还想再往马尾河上游探秘。于是沿着河边断断续续的小路逆水而上，四周山谷的质朴中也透出一种原始美。顺着朋友手指的方向看去，那些在石头或悬崖壁上凿的方孔，我们猜测那是古人开凿栈道留下的痕迹了。弯曲的河床中，那些从上游被水冲下来的老树根，展示着一个姿态，朋友说这个像蛟龙飞舞，那个像老寿星品茶，任自己的想象发挥了。

　　再往山水深处行走，几树红花星星点点，野果挂满树枝。野兰花或在石头缝隙中，或在浅水处，浓密而茂盛，显然是充足的河水滋养的了。板栗树、野樱桃树、核桃树，夹杂在那疯长的枝藤中间，阳光透过它们密密的叶子，星星点点洒向水面。

　　山是用来观的，水是用来听的，花是用来闻的。马尾河，以她那独特而悠然的景色吸引着人们，把都市的喧闹抛在身后，在山的远眺中感受一份超然，在水的明净里体验着一份超脱和幸福。

醉美吴山

出宝鸡市区,向北行驶约三十公里,便可到吴山。

周末,和朋友一行相约到吴山旅游。中午从宝鸡出发,向北经县功镇到庙川河,沿路风光无限,河水虽是小小的细细的,但河床很宽广,给人以舒畅之感。

半小时以后,我们的车到吴山脚下,老远就听见一串串爽朗清脆的笑声。原来是一群姑娘,她们个个手里提着野樱桃。当我们好奇地问那是什么时,大方的她们硬是将红红的野樱桃塞到朋友手中,并且都争着告诉我们,吴山的野樱桃很多,不用费多大的劲儿就能采摘到的。

约莫十分钟后,到了吴山新修的山门前,眨眼一看,人来人往,好一片热闹景象。听着喇叭里唱的秦腔,一问当地人才知道,吴山每年农历六月初九都要举行盛大的财神庙会。自二十世纪三十年代,因国内战火不断,殃及吴山,财神庙会被迫中断七十余年,如今太平盛世,经当地百姓筹划组织,使财神庙会这一传统活动重现吴山。

当然,吴山的神奇得力于吴山自身的雄伟和秀丽。《山海经》称:"吴山之峰,秀出云霄,山顶相轩,望之常有海势。"云的洒脱,山的挺拔,谷的幽深,水的飘逸,将整个吴山胜景毫不保留地展现给人们。站在任何一个山头放眼望去,都似入了仙境,灵应峰下的"漾水崖",细流挂于绝壁之上,自崖上飞泻飘荡而下,随风化珠,给人以心灵的洗礼……笔架山、天地犁沟、判官池、真人洞等胜景不断地将人们带到不同的境界,使人心旷神怡,流连忘返。

关于吴山美妙的故事很多,有神农氏曾在吴山采药的传说,有蜈蚣与吴山五峰的神话,其中流传最广的是长孙皇后治病的故事。相传唐太宗李世民的长孙皇后患奶疮久治不愈,便要求回老家疗养,皇上答应了。

时值盛夏,随行人员因受不了皇后身上散发出来的难闻的气味,途中个个将自己的鼻子捂住。长孙皇后见状叫他们都回去了,从此皇后就一人行走。有一天夜里她做了一个梦,有人指点十年陈酿的黄酒能治此病。几日后,她真的在宝鸡贾村塬的乡民吴岳家里找到这种酒,讨之将其涂抹,病大愈。太宗闻讯大喜,要亲访其人。同村传话的李二吓唬吴岳说朝廷来人抓他,吴岳逃至距家不远的岳山上吊自杀。太宗感其恩,封岳山为吴山,并增设吴山县,派专人在吴山上监修庙宇,塑造金身。据说太宗和长孙皇后还亲自上庙祭奠过。故事尽管遥远,但后人无论路途多么遥远,都纷纷前来吴山拜祭。

吴山,一座曾被历代百姓膜拜的山,一座曾被王者敬奉的山,到了民国初年却一度被土匪占领。匪首王有邦,从民国十三年春起家,拉帮结派,由二三十人、一支步枪,扩展到兵卒三千,马三百余匹,步枪和短折腰土枪数百支,成立炮局,制造火药、手榴弹、来复枪、折腰短枪等武器。土匪们烧杀抢夺,无恶不作,使许多百姓家破人亡。后来在陇县人民的强烈要求下,陕军师长甄寿山奉省主席宋哲元和国民军总司令冯玉祥之命,于民国十七年春农历二月,率一师三旅人马来陇县张贴布告,围剿了吴山土匪。

时过境迁,今天,我们依然能从山上残留的一些摩崖石刻遗迹里,隐约看出吴山历史上曾经的辉煌。吴山是神气的,吴山是神秘的,吴山也是奇妙的。这个在中国历史中走过两千多年的神山,当它更多的东西被人们遗忘或者忽略时,它却以固有的姿态守护着应该属于它的神奇。

周庄印象

　　第一次从文字上读到周庄,是在文艺怪才韩寒的小说《三重门》里,他写道:游周庄要游出韵味,就必须把自己扔到历史里。第一次看到周庄的美景,是在中央电视台一部关于周庄的专题片里。向往周庄,向往那里的小桥流水,向往那里的石板街,也向往那里的安宁。

　　终于如愿以偿,是在那年五月的一个晌午,当我第一脚踏上周庄的时候,心情却变得复杂了,总是担心时间过得太快,因为我要在这个江南水乡经典之作里寻找的东西太多。

　　有着九百多年历史的周庄旧名叫贞丰里,据史书记载,在北宋元祐元年(1086),周迪功信奉佛教,将庄田二百亩捐赠给了全福寺,百姓感其恩德,将这片田地命名为"周庄"。到了明清时,周庄不断扩大,居民也多了起来,渐渐成为江南一个重镇,一个贸易中心。

　　时至今日,全镇百分之六十以上的民居仍为明清建筑,仅有零点四七平方公里的古镇有将近一百座古典宅院和六十多座砖雕门楼。有十四座各具特色的古桥。

　　在用心品读周庄的过程中,我才知道,周庄被人们发现、认识,到走向世界,离不开一个人,他就是著名画家陈逸飞。1984 年,著名旅美画家陈逸飞以周庄为素材,创作了《故乡的回忆——双桥》的油画,连同他的其他三十七幅作品在美国纽约展出,中国江南水乡的景象令美国观众大为感叹,甚至有人说:"中国还有这么美丽的地方。"后来,这幅画被美国石油大王阿曼德·哈默高价收购,当年 11 月他访华的时候,又将该作品作为礼物送给了邓小平先生。从此,周庄成为江南水乡历史文化的载体被更多的中

国人认识,并且一举走向世界。

　　当然,周庄能成为中国江南水乡的代表,并不仅仅是陈逸飞先生的一幅油画了,这与其深厚的历史文化沉淀是分不开的。

　　周庄由一个江南小镇发展成为一个商业重镇,与明代江南巨富沈万三有很大关系。据说当年沈万三利用京杭大运河,东北连接浏河,将周庄变成一个粮食、手工业、丝绸的交易中心,从此也造就了周庄的繁华。今天,沈厅建筑群的宏大规模和气势,以及沈家码头依然让人能够想象得出当年周庄的繁荣和富有。当然,沈万三的"富可敌国"也给他留下了许多的传说,从南京的城墙砖到朱元璋向沈万三借所谓的"聚宝盆",再到肥而不腻的"万三蹄",都将整个周庄推到了明朝的那个年代。

　　还是说说周庄的美景吧。有人说,周庄可以使浮躁的心灵复归宁静。我十分赞同。

　　看惯了北方街道的"一眼望穿",再看周庄的建筑就别有一番味道了。错错落落的老房子,随意中又显规则。灰灰窄窄的石板街道,伴着清清幽幽的一河水,古桥、斜柳、老码头,就这样毫无保留地向你展示开来。

周庄的水是清澈的,它的透明、轻巧与恍惚,也造就了周庄人的安逸。走在这里,有的时候真不知道是水穿插在了房屋里,还是那些老宅子抱住了水。坐上乌篷船,身穿蓝色小花袄的船娘再哼上几句小调,景象全然映在水中,就像在梦里。

老民宅的外墙被雨水冲刷得灰白相间倒更像一幅泼墨画。从房屋的一砖一瓦都体现着匠心,飘飘晃晃的旗子,小楼半掩的木窗,以及窗外悬挂着的一串串红灯笼,给人以更多的猜想。

周庄到处都渗透着历史和文化,踩在哪里都犹如踩在历史上。明代万历年修建的双桥又称钥匙桥,也是周庄最有名的桥。从桥身的石条缝隙里挤出来的草木青苔,记录着桥的历史,也记录着从桥上来来往往的古人和今人。

菜馆、茶馆、药铺、字画店、手工作坊等等隐身在周庄这些古建筑群里。透过繁华的街市,依然可以看到市井背后那些淳朴的、安静的享受阳光的人们,他们并不因繁华而打破安静,就犹如那里的水一样,容纳着现实的生活。

我想,周庄这样一幅水墨图画,是一个可以洗涤人心灵的地方,是一个让人向往依偎的地方,是一个转上三天也看不完的地方。她是一部韵味十足的书,需要泡一壶茶去细细品读。

走笔宏村

　　我来的有些仓促了,心灵还没有来得及去品徽州,人就已经来了。从整个上午汽车的穿行中,我就开始接近徽州,却总是那么缥缈。

　　导游说宏村是徽州明清建筑的代表,是中国画里的乡村。她滔滔不绝地解说着徽州的过去和今天,调侃着徽州的男人和女人,我却还是那么恍惚。说实在的,我把徽州列入今生必去的地方,可是没有列在现在。但偏偏使我现在要去面对,就犹如见梦中情人,你没有做好准备,她却即将出现在你眼前。

　　车继续行进着,画却在眼前倒退。我打开车窗,想让这里的风先沁入我的心灵。白墙黛瓦倒映在一泓水中,将岁月积淀。不由得让我猜想那些长袍短褂的明清徽州商人,在青年出发、暮年归乡的时刻,是何等的情怀!

　　宏村就这样渐近了,枕着山、环绕水、面对屏,毫不保留地展现在我眼前,或浓墨、或淡彩。从跨过进入村庄的那座拱桥开始,我的脚步就更加矛盾了,时而想快点目睹宏村的神秘,时而想慢些再慢些,让我融入村庄,细细品读这里的一砖一瓦、一草一木,或者居住在这里的人。

　　雨水冲刷的印痕将粉墙变成了泼墨画,两只白鹅在水边围绕着洗菜的女人,她偶尔会喂片菜叶,阳光斜照,天格外蓝。在青石板上行走几步,那个撇着徽州方言的年轻女子,就坐在她家门口石狮子旁的一把老椅子上,她说:"来吧,进来看看,全部是古董!"踮起脚朝屋子望去,昏暗的光线下却也看见了许多的青花瓷、木牌匾、竹雕、砖刻,或一些叫不上名字的玩物。堂子深处,一位八十多岁的老婆婆弯腰单手扶墙,用安详的眼神看着从门前路过的我,阳光透过窗棂将她的白发映照,我猜想,她的一生或许也是宏村历史的一页纸，或者一段话。

一路上，对于那些导游讲述徽商故事的语言，我是一定要认真去听的，比如治家或做学问。在村子学堂进门的窗户上，可以看到用木条拼起来形似冰块被砸破的形状。主人解释说，祖上教导他们读书要吃得苦中苦，有一种破冰而出的精神，这样才能成为对社会有用的人。再去细看四周墙壁上书写的良言古训，不由得为宏村先祖们的良苦用心而感叹。宏村随处可见牌匾、楹联。在一间古宅内，男主人将家传的楹联雕刻在竹片上，解说其含义：传家有道唯存厚，处世无奇但率真；善为玉宝一生用，心为良田百世耕。这些悬挂在每家中堂的楹联，似乎都在讲述那些耐人寻味的哲理，或读书、或治家、或为官、或经商。

宏村整体设计是一个牛的形状，据说这是明朝时期居住在这里的汪姓人家请风水先生专门设计的。但从今天村子整体来看，牛角、牛首、牛躯

等等都能在村子的绿水、古树、石板路中捕捉其影。

　　在宏村见到最多的,不是游客,也不是这里的村民,而是来自全国各地美院写生的学生。三五成堆、八九成群,或坐、或站、或走。低头构思的、铺纸的、调色的,散布在宏村的角角落落。他们或水墨、或素描、或水粉,将宏村解读后,又一一装入自己的画夹,带去很远或者更远的地方……

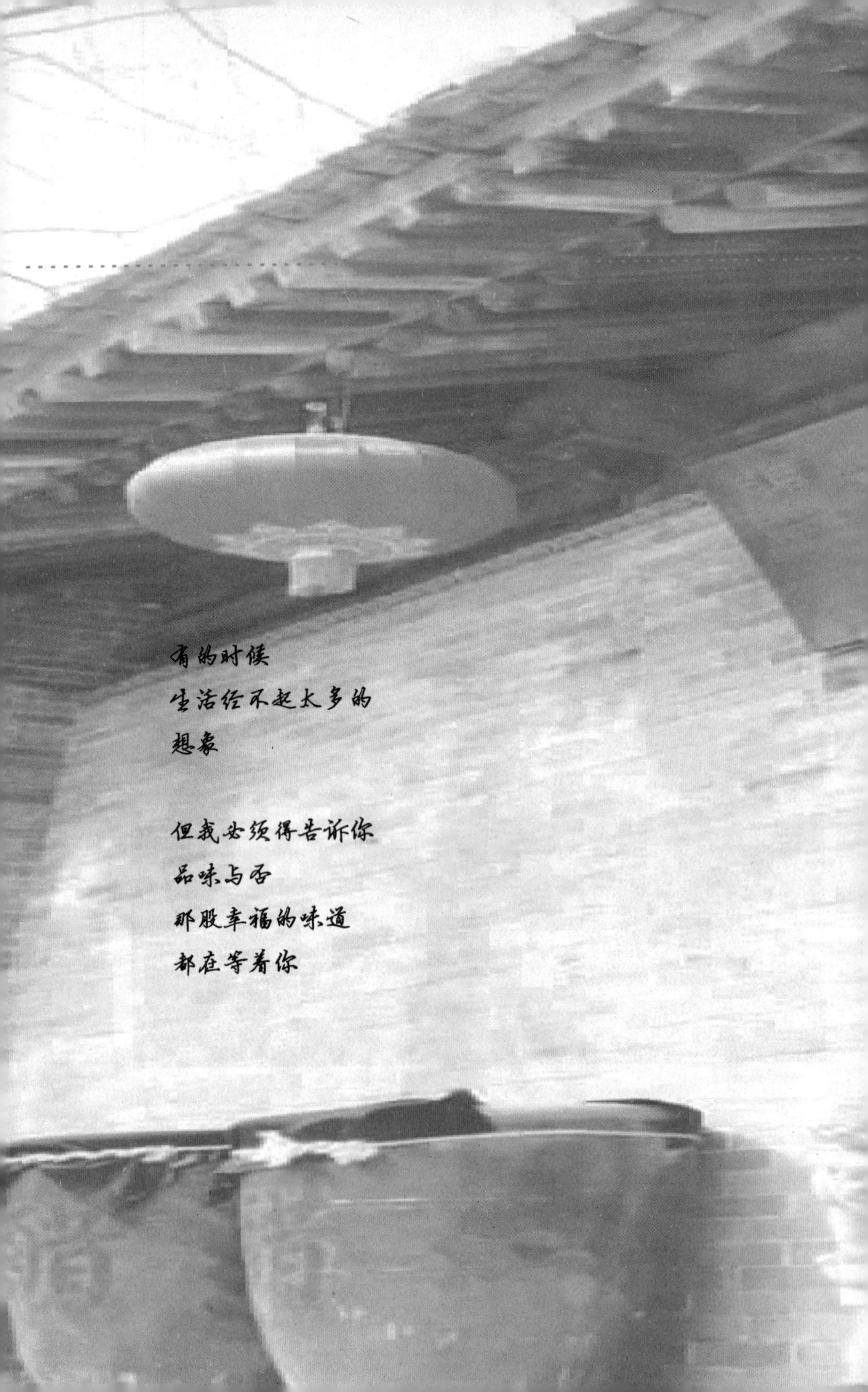

有的时候
生活经不起太多的
想象

但我必须得告诉你
品味与否
那股幸福的味道
都在等着你

味蕾人生

品 茗

喝茶的次数多了，渐渐地也能悟出一些道理来。比如有的时候人太多，我就不喜欢去喝茶，因为人多品不出茶的味道来。而三两个人的时候，我很有心思去品茗。当然，并不是三两个人就可以满足品茶的条件，还要看朋友的个性了，他不懂得品什么，自然也就没有意义去品了。

有时候，几个人在一起喝茶，有人会说这个茶不好，味道苦，那个茶味涩。更有甚者看工夫茶就说急人得很！其实，这是心态的问题。我们既然是来品茶，那就是品茶的优点，用心去了解这茶出产于什么地方，它到底具有什么特点，它的营养价值是什么，而不要一味地去品它的不是。说到这里我就觉得，与人相处和品茶是一个道理，我们看一个人，不能只看他的缺点，而是要看他的价值取向。

再来说茶。有的茶是颜色惹人喜爱，有的是味道香气宜人，还有的茶是在泡的过程中能舒展优美的姿态，有的茶又有它独特的历史文化所在，这自然和我们赏析一个人的个性是同样的道理。他的能耐是什么，我们就欣赏什么，品他的美。

在城市高档茶楼，用大师造的紫砂壶煮一壶几十元的茶，与合作伙伴谈谈生意，合同、方案等等全都在茶的香气与色泽中解决，那是美；在农村的冬夜，几个年长的老汉，吸着旱烟，围着蜂窝煤炉子，用早已发黑的搪瓷缸子煮一杯茶，闲聊或商议族人中的大事、要事，比如婚丧嫁娶，全在这缕缕飘然的茶味中决定，这也是一种美；忙了一天，面对紧张的工作、复杂的人际关系，使人压力不轻，自己泡一壶茶来个自饮，在品的过程中思考、感悟，使自己超然，这也是美。这么看来，茶的好坏其实并不重要，重要的还是心境了。

　　据说,早在汉朝的时候,茶叶就成为佛教坐禅的专用品了。品茗,犹如品味人生,要保持一种良好的心态,放松自我,把握茶的浓淡,把握温度,不能让茶没有办法舒展,也不要将茶的营养烫死。这些和做人,当然是一个道理了。

　　鲁迅先生在《喝茶》的文章中写道:有好茶喝,会喝好茶,是一种清福。我想,今天国人能享此清福的人自然是多了,因为,饮茶本来就是中国人的首创。

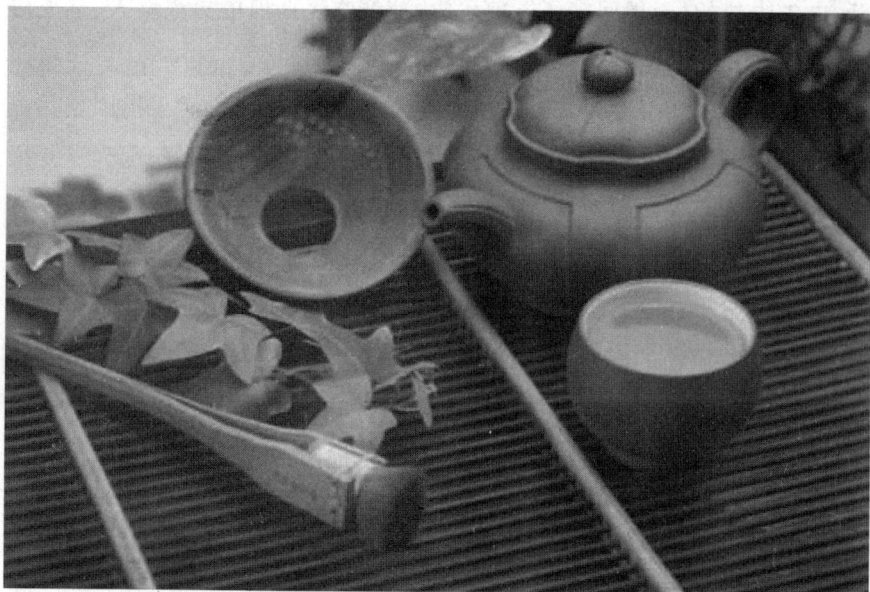

爱咥搅团

　　初冬的晌午,西府的村庄,大喇叭里的秦腔唱唱歇歇。火红的柿子挂在树枝上,给村子增添了一抹喜庆。男人们蹲在大门口的碌碡上,一股股青烟从自家烟囱冒上村庄巴掌大的天空,女人喊着男人:吃饭咧! 顺便就将一个青花老碗塞到男人手中。旁人哄堂大笑,媳妇又给打搅团了,哈哈哈! 男人的回答是干脆的:爱咥!

　　没有人能考证搅团是谁发明的,起源于哪朝哪代,只知道省粮,就是娘说的做搅团省白面。困难时期,不多的面能做一大锅搅团,在案板上摊开,中午吃热的,天黑回来还能煎着吃、凉调吃。西府的男人女人、老人碎娃就享用着,活了一辈又一辈。

　　西府人是实在的。生活条件好了,酒和肉是必备的,至于搅团就只能作为“稀欠”了,但肯定还要打好搅团,并且要比肉香、比酒好,因为这是面子,更是自家女人的拿手戏。要是城里来客人点名要吃搅团,女人笑了:咋爱吃这东西,黏嘛咕咚的,说话间已挎上篮子奔向菜地去。也就一会儿工夫,一篮子根上还带着泥土的韭菜、大叶菠菜就挖回来了。女人在喊娃来烧锅、架柴拉风箱的时候,就用凉水和着面芡。面芡搅得没了疙瘩,就往烧沸的开水锅里倒,接着还是搅。边烧火边搅动,等到锅里没了疙瘩,面糊糊有了亮色,稀稠让挑起的擀杖能挂起面吊吊搅团;太稠,发硬,又不好吃。

　　这时候男人就要发挥作用了。往锅里撒玉米面得掌握好一个度,撒得少了,搅团太稀;撒得多了,搅团太稠发硬,又不好吃。所以这细心活还是要女人来掌握了。男人力气大,就双手攥紧木杈子使尽全身力气不停地在锅里搅动,黏糊糊的面就在锅里噗噗噗响。要顺着一个方向搅,悠着劲儿搅,男人和女人换着搅,应了西府人的话:搅团要好,七十二搅。当然了,搅动的时间越长,打出来的搅团越光筋越好吃。还有,别把烧锅当作小事,大多做搅团是要用麦草的,要文火,火候不大不小,拉风箱轻重快慢都影响着搅团的质量。

接下来,捣蒜泥,炒韭菜,下菠菜,油泼辣子一一备齐摆上案,就等搅团出锅了。麻利的女人将热搅团很快盛到碗里,浇上菠菜汤,再把那些蒜泥、盐醋辣子、炒好的韭菜都放好了,轻轻一搅动,一碗黏窝搅团就成了。其余的搅团从锅里舀出来摊在案板上晾凉了,用刀子切成块,蒜辣子汁浇上去的吃法称"小鬼搬砖";切成大片用筷子夹起来蘸汁吃,谓"水漫金山";当然还可以做"漏鱼",也可浇上臊子热汤吃。至于锅底的锅巴,再轻轻加一把麦草燃烧,炕得脆黄,孩子们随意掰一片,咯吱吱地咬。

美美地吃上一顿搅团,城里人是图稀罕。于是,老是想乡下的朋友,想那清香的韭菜和翠生的菠菜。城里的女人说:试试,咱们自己做。于是就会用高压锅试上一回。天然气灶上,火候调到适中,搅匀面芡,等水开了下锅,合适时机喊男人赶快倒面。女人喊要手快,男人早已满头大汗,煤气灶的锅无法与乡下的大铁锅相比,东晃西晃的,干脆拿到地上,女人把锅稳住了,男人再出一回力,十下八下的,总算疙瘩少了,软硬暂且不说了,赶快再架到那煤气灶上烧它一会儿,要不还没有熟到位。

搅团总算做成,终于可以盛到碗里了,可是味道跟乡下比不成,赶紧打个电话给乡下的朋友,做搅团咋这么吃力的?答曰:这搅团在发明者手里,就是用麦草来烧、用黑口大铁锅做的。想来也是,有些东西就是认工具,认地方,吃的那也是环境,氛围,锅气。比如这搅团,就认关中大地,认西府农村的女人,认大黑锅。难怪,现在城里人都爱下乡咥搅团。

喜气臊子面

在我的家乡扶风，逢年过节和老人去世之类的大事，都是要吃臊子面的。我婆坐在炕头说："等冬天了，就该吃我的臊子面了。以后屋里过事，在灶房门口给我泼点臊子面汤，不要臊子，有点儿油气就够了。"

我问婆为啥要等冬天走，她说春天人都要到麦地里拔草，夏天要碾场晒麦，秋天掰了苞谷要种小麦，农村人一年就冬天闲些，这阵子走了，还有人抬棺材哩。我点头，觉得婆说得对。等婆说第六个冬天吃她臊子面的时候，她走了，家里杀了大肥猪，全村人都来吃臊子面了。

西壕里的白土开始被村里人一架子车一架子车地往回拉。娘说家家在腊月二十三前都要刷墙，拉回的新土和成泥水，用笤帚一点点打到土墙上。于是，坡头上，哥在前面拉，我撅着屁股在后边掀，一架子车土从黄昏就拉到天黑黑的。

娘说，再过几天就要过年，过年就能吃臊子面了。热炕上，我做梦都在和隔墙的毛蛋抢臊子面。前几天，他三爸婆媳妇，叫人去吃流水席，我就和他抢过一回，结果臊子面油太汪，面太稀，叫我抢了个只有汤没有面的，一大桌的人都笑了。我说：这是哪个婶娘做的，臊子油和鸡蛋花漂一层，叫人连碗里有面没面都看不来。这事情刚出，一桌的人端碗之前都小心多了。

除夕夜晚，鞭炮声自村东响到村西。毛蛋点燃"蹿天猴"，没想到一下子就钻进拄着拐杖的三婆怀里，三婆把拐棍在地上连蹾了三下说：把我老婆子吓死了，你娃等吃我臊子面啊？大人都笑了，我们趁黑就钻到石磨盘后边了。

新年就这么挡不住地来了。从炕上爬起来，透过娘剪的大红窗花，我看见灶房顶上的一股烟直溜溜地冒上天,我穿上新衣服新袜子新布鞋,撒腿跑进了灶房。

娘说给锅眼里添些柴火,我一把接一把将麦草塞进去。前锅和后锅的水像温泉一样咕嘟嘟地冒泡,娘说前锅下面,后锅调汤。说话的时候她取来一大把细面,扔进了锅里。

锅台上,盐醋辣子、豆腐、胡萝卜、臊子肉、鸡蛋饼子、葱花、漂菜都排好了队,娘好像要把一个季节的收获都下到这锅汤里。

娘说:臊子肉早些放,但漂菜是要放迟一些。说这话时,娘尝了一口汤。我把一大把麦草塞进锅眼,将风箱使劲地拉着。点过三次凉水,面熟了。刚出锅的面要在凉开水里冰一下,再捞到碗里,然后浇上调好的汤,酸辣香、薄筋光全就在这碗里了。

端着第一碗出锅的臊子面是要给灶神、土地爷这些神仙敬的,敬完后就要给我婆了,在她的像前稍微泼一点汤,算是叫她也吃过。这些祖辈的礼节都走过了,一大家子七八口人就该吃饭了。一碗接一碗,来不及的就守在橱窗等着,十碗二十碗,从龙须面吃到宽心面,直到吃得舒舒服服,吃得大汗淋漓。

无论是待客还是走亲戚,关中西府人就把臊子面从初一吃到十五,从娶新媳妇吃到娃过满月,从送走一个老人吃到下一个年。我想,难怪这儿的黄土和人,能把臊子面从周王朝吃到今天,看来都是吃顺了。

神仙向往的大肉泡馍

我曾经在驴肉店看到"天上龙肉、地上驴肉"的广告语,追其意,当然是说驴肉好吃,能够与龙肉相媲美。细细想来,神仙在天上吃龙肉,没人能看得见,只是人们的传说和想象;而驴肉味道鲜美,但它拉磨子犁地、驮麻袋样样能成,人们可能不舍得吃它的肉,所以没有普及。追溯历史,除了五谷杂粮占据汉人饮食重要位置的,还算猪肉,而且这肉一吃就是几千年。

几乎人人都知晓羊肉泡馍是西北地区的名吃,尤其到了陕西,都想咥一碗。但千阳人不这么看,他们认可大肉泡馍,喜欢这个香喷喷的味道,隔三岔五就要去吃一顿。我曾从千阳县城东街数到西街,居然有十来家大肉泡馍店。实在不解其因,遂想探个究竟。

一天,与喜欢研究历史的友人李君闲聊,他告诉我,苏东坡在凤翔府做官时,游遍西府名胜古迹,留下许多美妙的诗文,也曾盛赞"千阳猪肉至美"。更有意思的是苏东坡在《志林》中记载了这样一个故事。苏东坡听说千阳的猪肉香,就派人去买了一头猪回来,准备招待客人。而派去买猪的伙夫返回那天晚上喝醉了酒,关在圈里的猪跑掉了,伙夫就赶紧在附近又买了一头猪顶替。苏东坡自然不知,第二天晌午招待客人时,大家都称赞这猪肉味美,苏东坡说这是千阳猪肉,大家更是盛赞。不料,这时候伙夫却当着客人面说从千阳买来的那头猪丢了,大家现在吃的这头猪是今早在附近买来的。那些盛赞千阳猪肉好吃的客人们都不好意思了。我们今天听这个故事,且不说苏东坡是否公款吃喝了,起码说明西府人数得上憨厚和老实,西府一带的猪肉都是味美无比。

仔细看千阳县所处地理位置,它东临八百里秦川,西接关陇边缘,自古就有"千阳陇州,十年九收,一料不收,搬家溜走"的说法。当然,这话也反映了千阳既具有汉人农耕文明基础,又具有游牧民族的流动特色。西府黄土宜种庄稼,汉人以食五谷为主,有烙锅盔的传统。游牧民族善吃肉,尤擅长炖牛、羊肉。或许是某一次战争结束,江山一统,天下一家,和睦相处。在千阳山区,汉人吃烙的锅盔太干,游牧民族喝炖的肉汤又太腻。二者何不结合一下,也就是用你的锅盔泡我的汤,一尝味道,太香了。再后来,人们在大肉泡馍里面又添加了粉条、葱花等作料,日积月累,终究形成了一道神仙也向往的美食。

如今,在千阳,最为有名的大肉泡馍当属王家大肉泡。尽管王家大肉泡第五代传人王兆明老汉已经去世十多年了,但千阳的老百姓总是念念不忘他做的大肉泡。据说,老王的祖上以卖大肉泡为生,一代一代不断地改进大肉泡制作方法,日渐形成王家的独有味道。清香爽口、肥而不腻、咸淡适中,吃后更是口留余香。到了王兆明这一代,大肉泡更是色香味俱全,老少皆宜、远近闻名。二十世纪七十年代,国家实行计划经济,已过半百的王兆明,被县食品公司破例招去做饭。食品公司开了食堂,专卖大肉泡馍,每碗五毛钱,规定每天只杀一头猪,百姓排队来吃,每天早早就卖完了。从收猪杀猪,到炖肉烙锅盔,再到切肉浇汤,全由老王一人来完成。由于老王做的味道好,每天排队来吃的人络绎不绝。改革开放后,允许个人经营,已经退休的老王在繁华街道搭起简易棚,支起锅灶,自己经营大肉泡。

王家大肉泡用的土猪都是从千阳农村一带收来的,至少要养够一年半时间,而且是那种不肥不瘦的土猪。老王每次杀猪只一刀,一来减少猪的疼痛,二来猪血不乱流。切肉更是老王的绝活,你要二两,他绝对不会切到一两九钱。每次炖肉至少要花费五到六个小时,其间是大、中、小三种火候伺候。酱肉的时候,老王严格按照祖传秘方,把二十多种调料摆在锅边,不时品尝、调整。酱好的肉是肥瘦分开,你喜欢吃啥他给你啥。老王烙的锅盔是"外干内软、不焦不白"。切成二指宽的馍片,浇上两到三遍大肉汤,真是越吃越香。

十几年前,每碗大肉泡只卖三块五毛钱。西安有三个人去关山游玩,路过千阳,发现老王的泡馍店,尝了个新鲜后说:"这大肉泡就是好吃!"老王收了十元钱。第三天西安人从关山返回,又给老王钱,说康复路一碗羊肉泡十块钱,老王只收了一碗的钱,老王解释半天,西安人乐了,说这大肉泡不仅味香肉美,还便宜实惠。老王对顾客好,对前来卖猪的人更是照顾到家。每次老王不仅让卖猪的人吃一碗热腾腾的大肉泡,还要用油纸包一包酱肉,让卖猪的人带回去给他媳妇吃,这让卖猪的人很感动,回去后,一家人更是精心养猪。当然,老王只是千阳诸多大肉泡传承人中的一个缩影,像王家大肉泡这样具有传奇的人和事,还有很多。今天的大肉泡虽然已经是十元钱一碗,但与二十多元钱一碗的羊肉泡相比还是便宜,当地百姓依旧爱这一口,时常有人说:"走,请你吃大肉泡!"

吃着香喷喷的大肉泡,想起一个传说:七仙女随六个姐姐从天宫来到人间,不愿回去,嫁给了董永。玉皇大帝非常生气,派天兵天将去抓七仙女。八仙之一铁拐李为了让七仙女和董永多相处一会儿,半道上给天兵天将炖猪肉吃。天兵天将都没吃过,问铁拐李此为何物,铁拐李说是人间美食猪肉也。天兵天将个个竖起大拇指称赞味道太香了。也就在这期间,七仙女在人间做了最后一顿饭。或许,七仙女做的就是大肉泡了。因为她知道,等被带回天宫,再也吃不到这样的人间美味了。

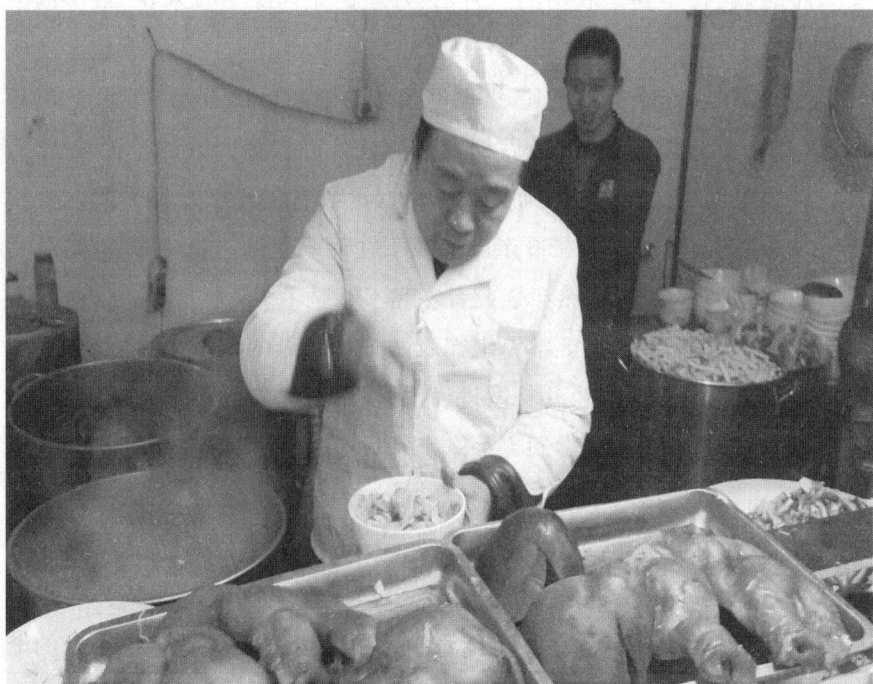

棋子豆

人生中，总有一种味道，是让你感动的。

小时候，每年到了农历的二月二，好吃的东西除了苞米花，最多的就是棋子豆了。

记忆中，在老家简陋的厨房里，母亲总是细心地将面粉、鸡蛋、芝麻等料和匀，擀平，再切成细条，最后把细条切成许许多多四方的小面块，然后在大圆锅里面用文火炒，直到焦黄。那时，我则围在锅台边，踮着脚闻着棋子豆的香味儿，偶尔也会在母亲的使唤下往锅眼里塞一把麦草，母亲总是叮咛我要掌握好火候，不然会糊或者吃起不够脆了。

十多岁时，总喜欢在上学路上揣着一把母亲做的棋子豆，一路走一路吃。上课时还可能偷偷摸几粒塞进嘴里，发出清脆的声音，但怕老师听见，只得低着脑袋。课间，同学们也会拿出来大小不一、口味有别的棋子豆来炫耀。

我总觉得母亲做的比别的孩子母亲做的好吃，我问母亲跟谁学的呀，母亲笑着说是外婆教的，有秘方！果然在外婆家里，我吃到了同样口味的棋子豆。后来，随着外婆的去世，随着举家搬迁到城里，随着传统节日的渐渐淡化，很少能吃到香脆的棋子豆了。

二十多年过去，转眼，我都成了三十多岁的人了，母亲也已是满头的银发，她时常发出感叹，说年龄不饶人啊。

前些日子，由于工作忙，有些天没有去看母亲，母亲却赶到我的住处看我。一见到我，她就叮咛："天开始热起来了，注意身体。"随后，就抓住我的胳膊，又说，"我给你带了棋子豆。"

　　只见她递给我一个袋子，里面装着鼓鼓的棋子豆。也就是在那一刻，我不知道自己该说些什么，我停止了手里的活儿，愣住了。

　　可怜天下父母心。原来母亲见我那段时间肠胃不好，连续几个月都在吃中药调理，母亲就到处去找一些鸡内金碾碎，添加到做棋子豆的作料里，又做起来她许多年都不曾再做的棋子豆。

　　想想母亲现在做棋子豆，用的自然只是小案板、小铁锅以及天然气灶，我也因为要工作而不能再围在锅前去闻棋子豆的阵阵香味了，可母亲还是那么样地认真地擀着、翻炒着，动作是缓慢了，但是我觉得，味道却是更加好吃了。

思绪疯长
如同六月的麦子

需要镰刀的收割
和母亲的打晒

从烈日 到夕阳
请一定将我装进
心底的粮仓

心灵感悟

激荡三十年

在一次聚会中,朋友极力推荐资深财经记者吴晓波的《激荡三十年》。隔日,便到书店购买,不料刚售完,一周后到货,只得耐心等待。好在最终得到此书,书分上下两册,彻夜长读,感慨万千,心随文字也激荡。

"当这个时代到来的时候,锐不可当,万物肆意生长,尘埃与曙光升腾,江河汇聚成川,无名山崛起为峰,天地一时,无比开阔。"正是在这几句简单而厚重的文字里,吴晓波以其极具敏锐的眼光,将一个时代的激昂展现。

1992 年的中国,不仅仅是一位老人在深圳画了一个圈的事儿。随之而来的是一个庞大国家面临苏醒的历史机遇,千载难逢。今天看来,中国改革开放三十年来取得的辉煌是必然的, 必然中又夹杂着太多的辛酸和汗水。国有企业、民营企业、外资企业,这三种力量的相互博弈以及曲折的发展史,演绎了一个时代的震荡。

当年在桂林一个国营工厂,外国记者去采访的时候这样写道:看到工人们都很松闲,有三个女工并没有干活,而是和另外三个女工闲聊,问及她们的生产量,没有一个人能够回答。据他了解,这个有两千多人的大工厂自成立以来没有一个人员被解雇。工厂规定,凡是退休一位职工,便可安排一个子女作为接班人。

在安徽,像年广九这样一个炒瓜子的人却因为自己雇佣的人超过了十二个而惹来麻烦。有人也因此在马克思的《资本论》里找到这样的话:"雇工超过八个就不是普通个体经济,而是资本主义经济,是剥削。"而更为戏剧性的是这位年广九从 1979 年到 1989 年两度因为莫名其妙的"经济问题"入狱。直到后来邓小平同志在一次讲话中谈到年广九,随后他又被无罪释放,回家继续自己的"炒货"事业。

再比如可口可乐与中粮公司协商在大陆生产的事情,最初选择在中国上海一家汽水厂生产,却被保守人士"拒绝",说成是走资本主义道路。最终只得在北京的一个饮料厂生产,因为只能销给北京的一些旅游宾馆,还一度出现滞销。

这些在今天看来似乎有点滑稽了。

二十世纪八十年代,从地方到中央,上报反映经济问题的材料实在太多,包括中央也处于探索阶段,好在还有一大批的弄潮儿,以及探寻中国出路的改革家。此后的二十多年中国经济发展就一发不可收,在这片神奇的大地上也不断涌现出各种各样的奇迹,"春天的故事"唱遍全国。1989年经济发展出现"倒春寒",一片萧条的景象开始浮现,但那时的中国已经给自己积累太多的经验,随后一切又在"暴风雨中转折"。进入九十年代,民族品牌在崛起,"中国制造"开始走向世界,此后就一发不可收。

总结是为了更好地发展。此前,举国上下都在总结三十年来发生的那些翻天覆地的变化,从一句久违的流行语,一首老歌,一张发黄的照片,一次创业历程,一次试验成功,从汽车到飞机,从泥泞小路到高速路出现,从土窑洞到楼房,从乞丐到富翁……都有着讲不完的故事。

废墟中的脊梁

尽管人们在努力减少悲剧的上演，但却又很难避免。继 2008 年 5 月 12 日汶川地震后，2010 年 4 月 14 日 7 时 49 分，青海省玉树藏族自治州玉树县发生 7.1 级地震。当地居民的房屋百分之九十倒塌，又是一场让人无法预料的灾难。连日来，电视画面里，玉树地震后出现的悲惨景象催人泪下。听着每天播报的遇难者人数统计数字，让人更加揪心。不能亲历施救的人们，都无时无刻在期盼着生命的坚持。

地震发生不久，我便上网查看这个以前从来没关注过的小地方的具体坐标，偶尔也看到地震前玉树虽不富裕却也美丽的照片。无论是街头行走着散发阳光气息的男孩女孩，还是天蓝水清的自然风光，让我不得不再一次痛恨地震，是它又一次悄无声息地到来，在把大地颤动的那一瞬间，却吞没掉这个天堂一样美丽的地方。

每天在沉闷中关注玉树的新闻，更关注那些废墟中坚强的生命。无数次我发现，废墟中有儿子伸出的希望之手，有父亲坚强支撑的臂膀，有母亲含着微笑的眼泪，有夫妻紧紧地拥抱……

在为这些生命祈祷的同时，我也看到了更多坚强的脊梁在废墟中支撑：子弟兵、国家干部、党员、志愿者、寺庙喇嘛，当然还有更多更多的无名者。随着救援队伍的科学施救，那一组组让人振奋的数字也在感动着我们每一个人。地震发生后，党和国家调集至玉树赈灾现场的各类救援人员达到一万五千余人，累计搜救营救被困群众一万七千余人。其中从废墟中救出六千余人。地震灾区一万余名伤员得到救治，部分伤者被及时送往全国各地救治。与此同时，帐篷、棉被、食品等救灾物资从四面八方运来，给苦难中的百姓送来希望。

这里不断发生生命的奇迹,也发生许多的感人故事。更松代吉,一个普通的藏族女孩,在玉树地震发生后用双手把九位亲人从废墟中挖出,面对现实,尽管有那么多生活的困难要克服,但是她说,活着就好,只希望早日复课。来自香港的"爱心义工"黄福荣,他当时已逃离遭破坏的孤儿院,但当获知还有六名师生压在倒塌的瓦砾堆中后,即奋不顾身冒着余震危险折返救人,最后不幸牺牲。在玉树第三完小里,当校长和老师看到这突如其来的灾难后,流着泪水在缺少救援工具的情况下,硬是徒手挖开废墟,在废墟上留下道道血印的同时,他们也挖出了六十一个孩子。

废墟在某一刻永远地被载入历史。但废墟也只是暂时的,汶川地震也曾告诉我们,在废墟上建立一个家园不是梦想。玉树也不例外,因为废墟也给了我们重新建造家园的尺寸,废墟也只是起点。

后来在电视新闻里看到胡锦涛主席来到玉树,在活动板房教室黑板上写下"新校园,会有的! 新家园,会有的!"鼓励学生们好好学习。这不由得使我又想起了汶川地震,温家宝总理当时在教室黑板上写到的"多难兴邦"。跟经历了风雨就能看到彩虹一样,我们坚信不久的将来,玉树的天空还会如同从前一样美丽。我们也期盼美丽的藏族姑娘和豪爽的康巴汉子,在云彩托起的欢笑声中,再展他们的洒脱和豪放。

清风一缕

　　有些时候，人总相信自己的判断就是正确的，或者说按照规则办事就不会错，但是，这件事却改变了我的看法。

　　朋友因为做一笔生意需要托人，便四处找门路。经过熟人介绍，总算是找到了一位八十多岁高龄的老人。熟人说老人有五个儿女，且个个不凡，都在重要领导岗位，找到了领导的父亲等于找到领导。这个逻辑似乎很成立。

　　为了和老人套近乎，朋友特地准备了一份礼物，在一个晚饭后由熟人带领一起登门拜访。但后来他告诉我，与老人交谈后，他这个自认为走南闯北、一切皆有可能的青年人，被深深地上了一堂课。

　　他说，那是一位很朴素的老人，头发早已花白，高高的个头，穿着黑色的棉袄，进了门一阵客套后便坐了下来。看到屋子挂的字画，他便套近乎："老伯喜欢字画呀？"

　　老人回答说他不但喜欢，现在每天还坚持练习呢。而他的老伴则在一旁补充，老人参加了一个老年书画活动班。他们通过闲聊，才知道老人原来是老干部，新中国成立后，在某县当过副县长，后来还在市、省重要部门当过领导。

　　很健谈的一位老人，他告诉我的朋友，现在的一些领导谋位不谋事，他很看不惯。早些年，他在农村老家的房子因长期无人居住而渐渐倒塌，好几年的时间里，许多人都在想，他在外边做官，一定有钱修建自己的房屋，但时间证明了一切，也还给了他清白。当"墙倒草三尺"的时候，许多人终于明白：看来他真的是没有什么钱，要有，早都把小楼房盖起来了。且不知,他硬是省吃俭用,以每月仅有的工资先后供养了五个大学生。

他还给我朋友讲了一个故事。有一年他在县上主管招工。一天,一位年轻人找到他办公室,并给他带来了省城一位朋友亲笔写的信,意思是说看在朋友的面子上一定要给小伙子把事情办了。当时他非常为难,也就在这个时候,那个小伙子说:我还给您带来一份东西。说着掏出来一本《李自成传》。他坚决不收,小伙子说:"这是您的朋友让我给您捎过来的。"小伙子这么一说,他也只得收下了,并给朋友回了感谢信。至于小伙子招工的事情,他却依然按照组织程序办。

我的朋友很认真地倾听着,越听越为自己来老人家之前想到的那些策略而感到脸红。在来之前,他还想给老人些感谢费,只要老人帮忙给他的孩子开口说句话,生意上的问题就解决了;办好了,把他的儿子也感谢一下。但现在看来,他对老人的认识实在太浅薄了。

当老人问起我的朋友和他的熟人有什么需要帮助的,他们赶紧笑着说:"没有什么,只是来拜访一下。"

为了不打扰老人的休息,他们只得结束拜访。临走时,老人起身从他的书房拿来一本书,原来是他自己写的,收集了一些很有思想深度的古体诗和杂文。他说要送给我和朋友每人一本,朋友赶紧双手接过,并鞠躬感谢,随后他急忙转身拿起朋友来时带给他的礼物,让他带回去。我朋友则说:"是自己公司的产品,试用一下吧。"老人却说:"既然你们已经带来了,这样吧,多少钱,我给你。"

这么一来,朋友一时为难起来了,好在想到他刚刚送给自己的书,朋友便说:"这个产品价格和您的书一个价儿,算是交换吧。""呵呵。"他笑了,就这样分别了。

几日后的一个晚上,朋友随意翻阅老人送给他的书,正巧翻到了一篇文章《进贡之风需狠刹》,仔细一看,原来是老人在二十世纪八十年代末在某报发表的文章。文中写道:年末岁初,下级给上级进贡,是一种集体性的行贿受贿,是封建社会官府衙门腐败作风的遗毒,其对我们的国家建设起着严重的腐蚀作用。

这是一个任何事物都在飞速发展的时代,许多事物都在变质,比如我们当前办事的方式方法,但我们却在一位八十多岁高龄的老人那里,找到了答案。

延安精神

　　首次去陕北,归来之后,心潮澎湃,虽未动笔,但心里却一直在思考着这片神奇的土地。

　　陕北的山山水水、沟沟壑壑,之前我是没有亲眼目睹过的。那次学习给了我机会。以前在电视里对陕北印象最深的就是陕北的山和水,另外就是陕北的人了,一直以为这里的山、水、人都是很有个性的一种。

　　从宝鸡乘坐中巴车于清晨六点就出发了,一路都是高速路,我们一行二十余人于正午时分就到达了第一个目的地——黄帝陵。

　　在小学的时候,读过一本专门写黄帝陵的书,介绍黄帝陵里面的每一个景点,中间还配有一些黑白照片,尤其是那满山郁郁葱葱的古柏,以及历代名人的题碑,所以到了这里,就少了些许的陌生感。

　　从真正踏上黄帝陵的第一步开始,我就在这里找到了"根"的真正意义。刚进门,站在有着四千年生命的柏树下,我仰望它的沧桑,猜想着树干皱纹里记录的华夏大地曾经的风风雨雨。在扭曲的枝干间,它将一种伸趋的力量向每一个抬头看它的人展现。来自秦岭山中的我,也曾见过无数的松柏,而这里的柏树,显然是我未曾拜见过的神灵了。而在后来的旅行中,我发现这里满山都是千年的松柏。

　　轩辕庙前一缕轻烟,带着朝拜者的愿望随微风而去,巨大的鼎以及鼎四周的灵兽守护这山、这水。无论是天圆地方的建筑,还是那黄色旗子上欲飞腾的龙,都在将人们的思维引向遥远。

　　沮水给黄帝陵带来了更多的灵气。很有幸在水面上荡舟,当一只白鹭在水中石头上驻足,它的安详让我们也停止了船桨,得来的是双目的对视。恍然大悟,这水是清澈的,安详的。

当然,沮水并不代表陕北真正意义上的水。我们的第二站就是站到壶口看黄河的水。

我们是奔跑着来的,都想早点拥入黄河的怀抱。壶口将黄河水表现得淋漓尽致,她将千山洗礼将万水汇聚,奔腾而来。她在以各种姿态展示:水的勇猛、水的洒脱、水的温柔、水的包涵、水的怒号、水的深厚。

若是站在浩瀚海边或者江南水乡,你可能会有一个戏水的习惯,甚至尝水的滋味。而黄河不行,这个带着泥沙一路奔腾而来的水,只能让你站在平缓的水边触摸她、体验她,或者就让她溅起的水花点缀你的衣服!那也是一种恩赐。

陕北山的呼吸,水的奔流,都代表着陕北的一种精神,而这种精神的精髓也就集中在延安精神上。

如果说一路的跋涉给我们太过于仓促的话,那延安却留给了我们更多的时间去解读。未到延安就先读延安了。一位陕北口音的女导游将一个红色小册子发到我们每个人的手中,而贺敬之的《回延安》就印在封面上,我们感受到了诗人跳动的脉搏。

> 心口呀莫要这么厉害地跳
>
> 灰尘呀莫把我眼睛挡住了
>
> 手抓黄土我不放
>
> 紧紧儿贴在心窝上
>
> 几回回梦里回延安
>
> 双手搂定宝塔山
>
> 千声万声呼唤你
>
> 母亲延安就在这里

　　这片神奇的土地,孕育了伟大的延安精神。从杨家岭到王家坪,从枣园到延安革命纪念馆,我们将中国近代历史的某一个时段细细解读;从一个窑洞到一个利民渠,从一个简陋的桌子到一片菜园子,从一个补丁到一个纺车,我们看到了奠定中华人民共和国的基石。这是中华民族的宝贵精神财富。

　　陕北的山都像龙的脊梁,黄河的水就像龙的血脉,奔腾的脚步不允许沉淀。从黄帝陵的华夏之根到壶口的汹涌气势,从延安革命的胜利再到陕北人的纯朴、善良、智慧。我终于明白,正是这山、这水、这人,也成就了延安精神。可以被陕北感动,甚至也可以被陕北感化,实在不想离开延安。那就一路唱着陕北的歌,朗诵着伟人的诗,把延安精神装入心中,带着尚未平静的心潮离去。

人生拼搏更美丽

　　每天穿梭在熙熙攘攘的街市,渐渐地被灯红酒绿模糊了双眼,当对现实充满迷茫的时候,便在匆匆忙忙中留下我们未老先衰的背影。

　　今天社会发展的速度也快得惊人,以至于我们的动作稍微慢一些,就有可能被淘汰。于是有人怨天骂地,骂爹骂娘,嫌没有给予他们更多;有人挥金如土,日子过得如鱼得水、游刃有余;也有人不愿意劳动,总是以种种理由不去努力。现实中形形色色的诱惑迷失了我们前进的脚步。

　　人生的道路是曲折和漫长的,但是我们要做生活的勇者。

　　我们是苍鹰,我们是射手,百年一晃的人生是短暂而金贵的,因此珍惜人生,拼搏人生,用靓丽的风景装扮人生,是一个人活着的全部意义。人生不需要那些花言巧语的装扮,不需要山盟海誓的衬托,而是需要脚踏实地、与时俱进的勇者。人生不需要费尽心思去追求那些得不到的东西,但需要努力去做自己力所能及的事情。人生也不需要做毫无意义的庸俗琐事,而要学会调整自我,适应社会,在现实生活中不浮躁、不迷茫,以大无畏的勇气和超前的眼光在不断地自我否定中实现事业与人生的双赢。

　　"敢拼才会赢,敢闯真英雄。"每一个人最初都是在同一起跑线上,大相径庭的结局,主要是因为过程,主要是因为在这一过程中,你为之奋斗、为之拼搏时所付出的汗水与心血。朋友,人生——因为拼搏而美丽!

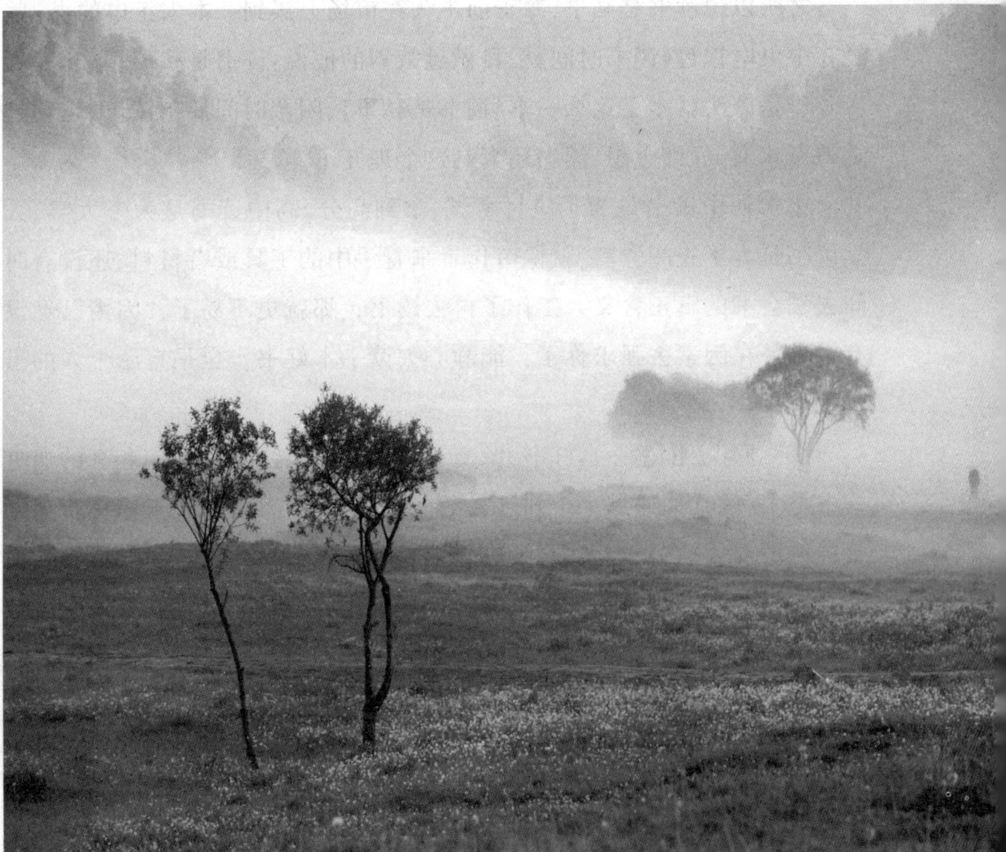

读书是私事

之所以说读书是私事，源于前不久在市场上买到一本朱正琳的书。曾经在中央电视台《读书时间》栏目做过策划的他说：读书是私事。

于是床头就多了这么一本《读书是私事》，闲余时间偶尔读读，越读越觉得有味道，仔细想想，读书还真是这个理儿了。

小学初中读书是为了应付考试、拿到高分，高中读书是为考大学，大学读书是为了查阅资料，就像劳作者拿着手中的工具或者材料，还没有时间去领会书的真正含义。工作了再去读书，那就更不易了，因为已经没有更多外在因素去强求你了，能静心去读一本好书，全是自己个人的事情了。

臧克家说：读过一本好书，像交了一个益友。在生活中，倘若真的遇见一本好书，就犹如遇见一个知己，大有相见恨晚的感觉。至于你喜欢交什么样的朋友，就在于个人爱好、修养了。有人说：和智慧的人常在一起，你就会更加的智慧。一样的道理，常读一些好书，能启迪人生的书，人生就会因读书而快乐，因读书而充实。

古人通过读书来改变命运。读书是少有的通往仕途的道路，所以会有"三更灯火五更鸡，正是男儿读书时"的情形。也有"正襟危坐、焚香读书"的境界。古人从书中读出天文地理，读出了智慧。当然，他们也想读出"颜如玉"和"黄金屋"来。

现如今，书的种类多了，读书自然就没有那么多讲究，床头上、山野间、书房里或香烟缭绕中，总之，境界由心而生。但"书中自有黄金屋，书中自有颜如玉"似乎仍然如旧。

今天,一夜成名的也有,不用读书或读书很少,通过其他途径也能成名。但是书不可不读,偶尔在报纸媒体上看到某某名人素质低下的表现被曝光,想必还是修养方面的书读得太少了吧。书籍毕竟是人类文明成果的积累和记载,多读书,读好书,日积月累,读得多了,见识就广了,对事物的辨别能力自然就增强了。

生活的节奏在加快,我们读书有时也像吃快餐。随意拿起一本书,任凭自己的兴趣了。有一个雪夜访戴的典故,说王羲之的儿子王子猷在一个大雪之夜,从睡眠中醒来,打开窗户,命仆人斟上酒。四处望去,一片洁白银亮,于是漫步徘徊,吟诵诗歌。忽然间想到了远在剡县的戴逵,即刻连夜乘小船前往,到了戴逵家门前却又转身返回。有人问他为何这样,王子猷笑答:有兴也好,无兴也好,只要尽兴,人不必亲访,心已访矣。

好一个淋漓尽致,好一个洒脱了。读一本自己认为的好书也是这样,没有谁去强求你,想读就读,完全是自己心灵与书的沟通,是时尚的消遣,是生命的升华,其乐无限。

看来,读书的确是一件私事,自己愿意怎么读就怎么读,想读什么就读什么,因人而异,不必强求。但是读什么书,从中学到什么、悟到什么、影响如何,却是另外一回事,也另有一番讲究了。

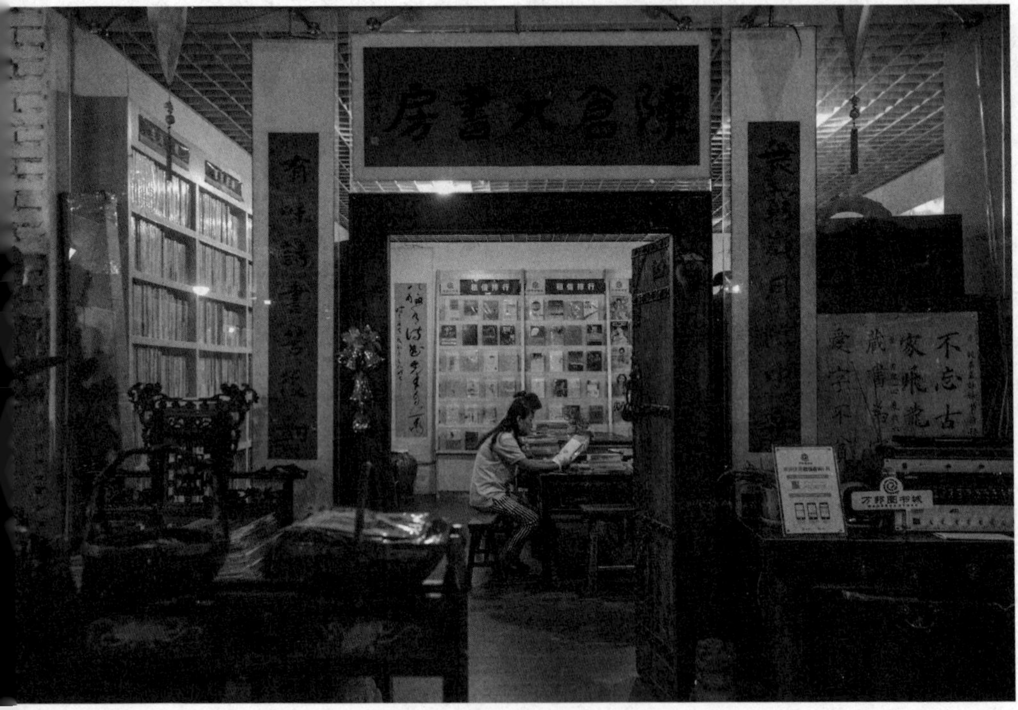
不忘古

风 景

二十年前的那个秋季，我捧着思恋祈祷，祝愿你一生平安、幸福。

在某个角落，我们相识，相知，那时你淡淡地一笑，便注定了往后的日子里我要无数遍去读你。曾经告诉我，你出生在三月，那时桃花粉萼吐香，便带来了幸福的你，托着粉红的脸蛋，望着山坡上的羊羔羔长大。阳光灿烂的日子里，你曾用花儿编织生命的交响，那时的你是一帧美丽的风景，与你相衬的背景，有云朵、歌声。

也许那些美丽只是短暂的，如同梦一般。冲出乡间的篱笆，站在野菊丛中，你承受着失去母爱的苦痛，这对于一个那年只有十三岁的女孩来说，又是多么地不幸，你大哭了，梦中在哭，醒来还是哭，三天后眼睛肿得厉害。走出家门，无望地站在村头，而那棵老槐树依旧像从前一样站在那边。

十九岁那年，你接过父亲手中的铁锹，做了一名养路工人。活得有些苦，你却并未去抱怨什么，而是敞开心扉，耕耘生活，平日里，男工友能干的活，你照样能，并不比他们差。

经受着世间的风风雨雨，你过早地添了几根白发。夜深人静时，对着镜中的自己，你惊呆了，翻了一遍又一遍，终于找到了那张发黄的照片，看看牵着风筝奔跑的小女孩，你惶惶然不敢相信那就是自己。"现实与梦想的落差或许每个人都有，只是大小不一罢了"，你幽幽地说。

第二年的秋天，再次见到你时，你正身穿橘红色标志服，在斜阳下挥锹扬镐，那风景依旧光彩夺目！于是，我紧紧抓住你柔柔的目光，向你吐露我的心声。

几年之后，你成了我的妻，与我携手，养育孩子，一起看风景，也一起慢慢变老。在我眼里，你永远是我看不够的风景！

少年识愁

六爷蹲在门口的土堆上，将手中的碗舔了又舔，他喝的是一碗苞谷糁,狗娃子鼓着劲儿站在他的身边。

狗娃子都快十岁了,这在城里早都上学了,可他却斗大字不识一升。今天又是一个开学的日子,狗娃子向六爷讨五元钱学费,六爷说:"等我吃过再说。"

吃饭时,六爷和狗娃子都看见村子其他小伙伴们在大人的带领下,去村西头那个学校报名了。

六爷终于把饭吃完,狗娃很有眼色地把六爷的碗筷接过,小跑着放回厨房,接着又紧跟在六爷的后面,单怕他不见了。六爷双手背后,走进了院子,狗娃在后边小声说:"爷,给学费!"六爷停住脚步,转过身唉了一声,然后又说:"等我把猪喂完再说。"狗娃子也只好帮忙喂猪,那头猪是家中唯一值钱的东西了。

六爷终于走出了猪圈。该给学费了吧?狗娃子心里想着,要是去晚了,要是报不上名……去年就是因为没有钱……

"无论如何我要上学!"狗娃子眼圈都急红了。他想给六爷说让他快点给学费,但是又不敢,因为哥哥和姐姐都很有经验地告诉他:"向爷要学费,要捺住性子,要不爷会发火的。"

六爷终于没有理由延迟给学费的时间了,他蹲在西边厦房的墙脚,用他那双手掏出那块老布手帕,小心地揭了一层又一层。狗娃子瞪大眼睛,踮着脚,侧着身子,他终于看清了。六爷包着总共不到七元钱,在那阵子这可是全家人的救命钱呀!在外工作的父亲将每月的工资交给六爷,六爷用这点钱要给六婆买药,要供二叔上高中,要供哥和姐……狗娃子不敢往下想了,他的小手抖了半天才接过五元钱。

六爷只说:"娃呀,庄稼人的钱来之不易,去了,可要好好学。"

这是发生在二十世纪八十年代的真实故事,六爷是我亲爷,狗娃子就是我。至今,我记忆犹新。

安静下来

有一天,突然发现了生活中最为美妙的事情,那就是岁月静好。

我不识谱,也五音不全,不是太执迷于音乐,但当有一天我听了毕夏演唱的那首《安静下来》的歌曲,悠扬的旋律伴着自然的呼吸,心真的就静了下来。恍然间明白过来,其实,每个人每天应该给自己这样的时间和空间,安静下来,去听雪花开的声音,听风那端的故事。无论白天或者黑夜,哪怕一刻钟。

古人云:静坐常思自己过,闲谈莫论他人非。在今天这个高速发展的时代、快节奏的人际交往中,叫人总去思考一下自己的过错,未免太过于苛刻,但时而静静心,给自己心灵一个明朗的空间,却是非常必要的。

曾经听人讲过一个故事,说某个教授问研究生,你每天早晨都做些什么?研究生说:我七点起床,洗漱半个小时,吃饭半个小时,接着开始做试验。那中午呢?吃饭,接着做试验。晚上呢?晚上非常忙,吃过晚饭是接着做试验,然后到凌晨。累了呢?累了就睡觉了,总之,我非常地忙。教授最后说:你整天都这么忙,那你什么时候是用于思考的时间呢?研究生无法回答了。他太忙,没有思考的时间,他只能不停地做试验。

每个平静的外表都装着一个浮躁的世界。仔细观察现实生活,像研究生一样忙活的人大有人在,真的就是这样。许久不联系,打电话去问候朋友,最近在做什么,有相当一部分人开口就说忙呀,更有甚者说忙得一塌糊涂。这就是现实。每个人都有自己梦想的一片风景,或是浩瀚大海,或是山谷幽静,或是茫茫草原,或是粗茶淡饭饱即休,或者是劈叉喂马品读天下书。无论是何等的境界,总有一些人忘了欣赏一路的风景。

当然,我也犯这样的通病。前段时间,电脑运行速度越来越慢,一用到它就来气,终于无法忍受,找人来修,竟然是最简单的问题:没用的程序装得太多,加之有部分病毒入侵,影响速度。经过删除没用的程序,然后杀毒,多日困扰我的问题彻底解决了。仔细想想,这高科技东西也和人一样,给它输入的乱七八糟信息太多,它也分不清楚谁是对他好的谁是坏的,最后导致自己的双眼被蒙蔽,思维出了问题。我想,修理电脑就像刷新思维,给它正确的东西,让它找回自己。

我佩服中国古代造字者,比如那个忙字,是一个心字加一个亡字,也就是心死了,才能称为忙。那么心都死了,活着还有什么意义。而活在当下的凡夫俗子,大都忘却了基本的道理。

有一回,找一位书法家老师求一幅字,我说:写个佛字吧,因为喜欢佛法与禅理。书法老师笑了,提起笔,没有写佛,而是写了"静心即佛"四个字。他告诉我,单纯的一个佛字只能说明你的信仰,而其精髓也不外乎人间真善美,不去静心思考,又怎能领悟呢。

在一本书里曾经看到这样的道理,一面镜子,原本非常明亮的,只要生存在这个世界,与大地同呼吸,它就会落下灰尘,或多或少,时间久了没有人去擦拭,灰尘越来越多,以致后来让人无法使用,没有了透亮。要是每天都能够擦拭一下,它会一直保持着自己的明净。

和镜子一样,人的心灵,通过经常地思考,会明白更多生活的真谛。如果整天处在忙碌之中,从清晨忙到黑夜,睡觉做梦还在路上,起来继续奔跑,是很容易迷失方向的。迷失的次数多了,渐渐就远离自己的人生目标,偏离人生的轨迹。终于有一天回头去看自己走过的路,却发现,因为不去思考已经错了许多;因为安静不下来,已变得何等的浮躁和不安。

夜虽然已深,试着把每天都按时关上的窗帘拉开一角,看看外面与以往不同的夜,或者是天空,你会有新的发现。感觉一下自己平稳的呼吸,让思维换个角度,这也是睿智。

安静下来,把心事都放下来,让一切重新开始。

漂流如人生

几乎是没有来得及准备,我们就已经顺着河水漂流而下了。几乎是没有来得及握好手中的桨,我们就已经成了"落汤鸡"了。这是第一次在宝鸡冯家山水库坝后漂流的记忆。

一个阳光灿烂的周末,我们一行二十余人来到冯家山水库的坝后。第一次体验漂流,心情还是很激动的。我和胖子李老师、瘦子杜警官,还有美女小王四人一组,乘同一个筏子。穿上救生衣,领两个船桨,跳上橘红的橡胶筏子,刚一开始我们就在毫无防备的情况下遭到同行者的泼水,筏子还没有完全离开岸边,四个人却湿了衣服。更意外的是李老师在掩护我们的时候竟然把眼镜掉到了河里,他急喊:"我的眼镜!"当大家一起朝晃晃悠悠的水面望去的时候,早已看不见眼镜的踪影。此处水深才做码头的,别指望了。

刚刚驶入河道中间,居然有人在等着向我们挑战,看那筏子是两男两女,我们还比较自信,因为我们是三男一女,从"战斗力"来讲还是占优势的。看着他们那虎视眈眈的样子,我们做好了"应战"的准备,等到两个筏子距离不到五米的时候,激战开始了,随着一片欢呼声,水花四溅。由于左右用力不匀,两个筏子都在水里打转,船桨不够用了,有的人急着用手泼水,有的人双手抱头自我掩护,突然听见"扑通"一声,对方筏子上的白老师就掉到了水里。大家一片惊呼,他总算是被"救"了上来。

船顺着水漂流,有时也容易飘到死角而不能前进,我们就遇到一次。四个人坐在船上,李老师和杜警官使劲地划着船桨,还是无济于事。实在没招了,看这水不算深,我就干脆脱了鞋子下水用力推了两下,他们两个人用力摆动船桨,小王则喊着加油,筏子终于回到深水处,又开始前进了。

我们三个男的换着划桨,我与李老师左右开弓划桨时,由于我经验不足,筏子不听指挥,不是碰到大石头就是在水里打转,直到气喘吁吁上气不接下气,直到胳膊发酸船桨无法控制,急得杜警官不停地喊着"往左、往右"。不久又遇到了一米多高的落差,在一阵尖叫声中,小王双手抓住筏子两边大声喊着:我怎么会选择和你们同船啊?!

船在水里继续前进着。"我们还是选择漂流吧!"小王说。对呀,我们这才醒悟,其实这河水挺大的,我们没有必要使着蛮劲儿划,还用力不均,导致筏子东撞西撞的,使人头晕眼花。选择了自由的漂流,我们这才顾得仰头看看蓝天上的白云,看看河两岸的奇山怪石。远处,一个老汉蹲在山脚下吸着旱烟,人无法行走的山坡上,那些羊群却三三两两地寻找着可口的草儿。岸边草滩上,一个十多岁的孩子看护着吃着青草的黄牛。河边,几个村姑将衣服时而在石头上捶打着,时而在水里舞动,那些五颜六色的衣服引来一群鱼儿。

我们又恢复了安静,四个人都不想说话了,只能听到水流声和我们各自深深的呼吸声。看来大家都经不起折腾,选择自然漂流也是一种享受啊!

前面的一只筏子停在岸边不再前进,等到两只筏子相聚不到十米的时候,我们看出他们丝毫没有"攻击"我们的意思。还没有等我们说大家一起友好前进,他们却先开口了,说他们遭到前方那只筏子的"攻击",现在想请我们帮忙,两船夹击一起去泼前边的那只。我们也很高兴,人多力量大,两只筏子联合起来,下游整个行程都有保证了!于是并行前进。前方的确有一只筏子像是遇到了浅滩,他们用力地推动着,等我们两只筏子靠近时,他们已经可以正常漂流了。

当我们四个人都在暗自庆幸可以联合袭击对方的时候,却发现其他两只筏子左右围过来,顷刻,溅起的水花再次浸湿我们本来就已经能拧出水的衣服,水顺着每个人的头发直流,我们只得求饶:"别泼了,我们的舱里都能舀出两桶水了!""赶快用力划呀!"有时候逃跑并不是错误的选择,比如现在。筏子快速地朝下游划去,我们渐渐甩开了对方。此刻已经是身心疲惫了。

　　漂流了近四公里,一个小时后,我们终于到达了终点。筏子靠岸的时候,看到提前到岸的那些朋友们嘿嘿怪笑,我们猜测,肯定又"惨"了。果然不出所料,后来划到的筏子无一不遭到泼水,等大家都站在岸上的时候,一个个都抹着脸上的水珠,拧着衣角的水,有的甚至脱掉鞋子倒起水来。

　　离去的时刻到来了,大家似乎还沉浸在刚才的兴奋中,望着斜阳照耀的残崖断壁上那些探出头的野花,还有依旧流淌的晶莹透澈的河水,我们依依不舍地离开了冯家山,离开了这个带给我们一时快乐和激情释放的绿水青山。

　　夜间做梦依旧在两山环绕的激流中漂泊,不慎落入水中,在床上"游"了几下就醒了过来。闭眼仔细想想,这人生不就和漂流一样吗?有时候我们还没有来得及做好准备,意想不到的事情却已经发生了,叫人措手不及;有时候我们在无法摆脱的痛苦中寻找着人生的快乐,在快乐中体验着激战带来的欣慰,尽管只是片刻的;还有的时候,我们费了很大的力气却无济于事,顺其自然前进,突然发现平淡中也有不匪的收益。

　　人生如漂流,漂流如人生。

在路上
风雨兼程
一定有累的时候
但请别忘了
带上自己梦想

也别忘了
观赏一路的风景
说不定还会遇见
更美的
彩虹

一路清风

爱在路上

　　从壶口瀑布到关山草原,从毛乌素沙漠到秦巴山深处,无论走的是通村公路、国道省道,还是高速公路,我除了欣慰就是感叹了!

　　曾经像追梦一样去追溯历史,从两千年前长安城的灯火辉煌中,不难读出一个朝代的辉煌。两千年后的今天,陕西的交通建设事业再次达到历史的一个制高点。然而建设者们总是来不及回味辛酸与汗水就又上路了。于是我只有感叹:昨天就是历史,我们应该铭记历史!

　　秦直道,这条为了起到战争防御的作用,由秦始皇下令于公元前 212 年至公元前 210 年修建的"高速公路",南起京都咸阳(今淳化县),北至九原郡(今内蒙古包头市西南),这条穿越十四县、全长七百多公里、宽度达到二十米的路,在那个科技尚不发达的时代,难以想象,建设者们付出了多少艰辛!

　　如果说秦直道的修建是我们中华民族的杰作,那么汉中石门隧道的开凿,则是我们先祖用智慧和辛劳战胜自然环境的最有力的证明。

　　位于汉中的石门隧道,大约修建于东汉明帝永平四年(61),后来被称为我国最早用于交通的人工隧道。石门隧道修通后,《石门颂》中这样记述了当时的盛况:穹窿高阁,有车辚辚。咸夷石道,驷牡其驷。千载绝轨,百辆更新。今天,当人们为那些汉隶的书法艺术魅力发出感叹的同时,更为古人的才智所惊讶。

　　厚重的历史文化蕴含着三秦大地的磅礴气势。从秦王石牛粪金中,我们看出了一个王者的霸气和狡诈;从明修栈道、暗度陈仓的典故中,我们读出了交通在改变朝代命运中不可磨灭的作用;从张骞出使西域中我们也找到了先祖走过的辉煌印痕。正是这些厚重的历史，才使我们三秦大地如此博大精深。

千年的兴叹已成往事。昨天西康高速公路建设的辉煌场面，又成为今天的历史。这条在当时是全国一次性开工里程最长的高速路，经过五年的奋战，终于通车了。当我穿越那十八公里的终南山隧道时，当我站在"华夏龙脉"群雕前，感受到人改造自然的力量时，我怦然心动：历史永远不会忘记工程的宏大和建设者的艰辛，因为那里也有我们中华民族的豪壮情怀！

历史是博大的根，我们应该铭记先祖们及今天的劳动者创造的每一次辉煌。

萦绕在秦岭山间的美丽飘带

　　这是一个初夏的清晨,宝鸡的秦岭山中,天蓝如洗,青山连绵,绿树成荫。陇凤线公路两旁百花争妍,婀娜多姿。五十岁的宝鸡公路局金渭段观音山道班班长曹秋生和他的工友们刚刚检查完公路涵洞安全,接着又清理起水沟。这样的工作他已经坚持了整整三十年。

　　出宝鸡益门堡,过大散关,一路向南,那条公路像一缕美丽的飘带萦绕在秦岭山间,承载着宝鸡连接四川成都和甘肃陇南的使命,这就是省道212陇凤公路。曹秋生和他的六个工友们负责养护其中的十五公里山路,每天保证来回巡查两次。"这段路上有七座桥梁,二十五座涵洞,三十二道弯。"说到这些,他们个个如数家珍。

　　酷暑严寒,身材瘦小、皮肤黝黑的曹秋生和他的工友们总是像呵护自己的孩子一样呵护着公路。他们每天带着铁锨洋镐扫帚,清扫路面,修补坑槽,梳理涵洞,除雪破冰,防汛保畅,浇灌苗木,修剪花草……

　　李白诗曰"蜀道难,难于上青天"。陆游诗云"楼船夜雪瓜洲渡,铁马秋风大散关"。曹秋生曾自豪地说,他们养的路不一般,从秦汉时期,这里就有了陈仓古道,"明修栈道,暗度陈仓"指的就是这条路。南宋有名的和尚塬古战场就在秦岭梁顶东边不远处,当年守卫大散关的将领吴玠、吴璘两兄弟带领数千宋兵战胜十万金兵。景色怡人的嘉陵江源头,每天都吸引着众多的游客……

　　《宝鸡公路交通史志》中曾有这样的文字记载:1934年底,国民党政府投入资金和人力修筑宝鸡到汉中公路。曾到美国康奈尔大学留过学的公路工程专家赵祖康担此重任。他奔波宝汉两地之间,从公路选线到施工,无不亲自过问亲自抓,虽坡陡路险,历经千辛万苦,最终于1936年建成。我们今天还能看到他在公路沿线的几处题字,如"古大散关""柴关岭""酒奠梁"等。1949年7月宝鸡解放前夕,国民党军队为了阻止人民解放军的追击,他们一路退却一路破坏,炸桥毁路,致使这条公路一度瘫痪。新中国成立后,党和人民投入大量人力、物力对全线进行修复,加固、拓宽,改砂石为沥青,以最快的速度恢复了交通。

一方水土养一方人,一条路的命运也体现着一座城市的经济文化发展程度。如今这条路上车来车往,路的名字也随着历史的变迁渐渐淡出人们的视线,公路部门已经将陇县至凤县这条穿越宝鸡南北的公路统称为省道212陇凤线。

在繁杂的养路工作之中,热情好客的村民总会对曹秋生和他的工友们说:你们来歇歇,喝点水再干活儿。而曹秋生他们只是摆摆手回答:还得赶紧,闲下了再歇。每到夏秋季节,农家乐、土鸡店、休闲山庄生意做得红红火火,山里产的核桃、木耳、花椒、苹果和桃子,就是通过这条坦途运出秦岭,销往四面八方,村民的脸上无不饱含着喜悦之情。当然,他们从心里更为感激和敬佩这些身穿橘红色标志服、背上印着"陕西公路"、啥时节都忙忙碌碌的养路工。

也正是宝鸡公路人的辛勤耕耘,这些年,路上的变化真可谓日新月异。那些"晴天能卧牛,雨天能养鱼"的路面已成为历史,急弯陡坡险患彻底得到根治,沿线村民门前乱堆乱放现象早已消失。展现在人们眼前的,是宽敞舒适的沥青路面,是一道道清晰的黄白标线,是结结实实的防护墩,是百花齐放姹紫嫣红的小花园,是休闲娱乐的景观台和更加贴心的风雨亭,是赏心悦目的鲜花大道和绿色长廊,是山青水秀、鸟语花香的森林公园。

可以说,这条美丽公路展现的,正是公路人内心真挚和忠厚的爱。这爱像秦岭山的脊梁一样宽广,这爱似美丽飘带,向远方延伸。

花儿依旧

桃川和鹦鸽是秦岭腹地太白县两个挨着的乡镇。不仅有好听的地名，风景更是十分秀美。而姜眉公路像一条彩带，将桃川和鹦鸽相连。

以前，我每次驱车路过那里，只顾着四处张望一路的蓝天碧水和奇山秀峰，还有路旁烂漫的山花。而那次在桃川和鹦鸽，宝鸡公路人又一次给我留下了难以忘怀的记忆。

老天下雨，对于以种菜为生的太白县农民来说原本是个好事，可2013年9月初的那场雨让桃川和鹦鸽遭受到严重的灾害，暴涨的河水冲毁了桃川和鹦鸽附近许多房屋、田地，还有临近河堤的采石场、养猪场。当然，姜眉公路未能幸免，仅在太白境内就有十多处塌方和泥石流，塌方量达到六千余立方米，致使眉县通往太白的交通中断，而桃川到鹦鸽段当属最为严重的地方，有三处路基被冲毁，沿路布满落石，惨不忍睹。

在连续六天的公路水毁抢险中，我曾两次带新闻媒体到现场采访抢险进程，每一次的场面都触目惊心，让人感动。

当我们第一次赶到现场时，太白公路段的一部分职工正在清理半边山体塌方，一部分人将装好的沙袋填充到被水冲毁的缺口。不远处，两辆装载机正在处理水毁的路基，准备回填砌堤，而技术人员则在一边指挥作业，五六辆翻斗自卸车来回穿梭着。就在他们旁边，滚滚的河水依旧在翻卷着。当一些媒体记者在采访中得知公路段有些职工自从出现水毁塌方以后就没有回过单位，除了赞扬和感动，更多的则是对公路人的敬畏。在抢险现场一问情况才知道，水毁当天晚上，当公路段工作人员赶到现场的时候，手机就断了信号，而返回县城的路都被堵住了，等其他救援的同志赶来的时候,他们又一起坚守在一线抢险,吃的都是在附近买来的馒头和咸菜,晚上休息就在附近百姓家里借住。接下来的三四天时间,他们几乎没有好好休息过。

经过紧张地抢修,那一段路快要恢复通车了,我们在第六天又来到抢险现场。上午赶到时,天空又下起了雨,虽是 9 月初,但山里却让人感觉到有些冷,这又给抢险现场施工带来了一些难度。段长赵晓林告诉我们,为了早日抢通道路,他们几乎每天轮流倒班,最多时候是三台装载机、十辆自卸车,每天平均有六十余人。为了抢进度,夜间打着车灯抢险。在现场,我们看到公路段的职工有的正在做沙砾回填缺口,有的在河堤边栽示警桩。当天下午五点,中断了六天的姜眉公路眉太段终于通车了。而那些满身是泥巴和汗水的公路人,他们的脸上除了疲惫,更多的则是欣慰。

每当我静心回忆,眼前总是浮现出那次抢险的场景。在山间公路上,许许多多的橘红色身影,或打起手势指挥着装载机,或挥镐扬锹整修受损的路面,或一鼓作气搬动滚落的石头,或三五成群抬起粗壮的示警桩。无论做什么,他们显得是那么铿锵有力。而那种力量,是公路人特有的力量,是危难时刻展现出来的集体力量,也正是有了这些力量的存在,才有了我们今天这么好的路况,才使得老百姓能够安安全全地回到家。

入冬了,当我重走那段路的时候,看见几个养路工正在备防滑沙。尽管此刻山间那些曾经怒放的鲜花已经凋谢,但今天,那些橘红的标志服,岂不是依旧在山间绽放的花儿吗?

一路好风光

在历史的长河中,穿越秦岭的古道较多,较为著名的就有子午、傥骆、褒斜、陈仓、连云等栈道。如今我们还能在秦岭深处的悬崖峭壁上,找到一些古栈道的遗迹,或为残孔,或是朽木,那些留下的斑斑痕迹,令人感叹。

时过境迁,新时代的交通人在大秦岭中跋山涉水,架桥铺路,谱写着一曲曲壮丽之歌。316 国道在宝鸡境内起于汉中界,经凤县的柴关岭、留凤关、酒奠梁、双石铺、马陵关、张家窑,止于甘肃两当界。该路段前身在1949 年被分为宝汉公路(柴关岭—双石铺—宝鸡)和双华公路(双石铺—华家岭)。1972 年,宝汉公路和双华公路被改造为渣油路面。1985 年全线再次改造为沥青碎石路面。1986 年,交通部将 214 省道宝汉线柴关岭至双石铺及双华公路命名为 316 国道,宝鸡境内全长六十七公里。近二十年来,又不断升级改造,现为沥青砼路面,二级路标准。

随着姜眉公路和西汉高速的相继开通,曾经有一个时期,小车、大车、客车、货车大多都选择从姜眉公路和西汉高速通行,原因是姜眉公路隧道多,距离不仅缩短了,而且路况好;西汉高速不用说,那是更加快捷了。有人怀疑说,位于秦岭山中的凤县将被边缘化,交通要塞的功能可能会被取代。时间证明,凤县这个小城不但没有被边缘化,反倒热闹起来,甚至被网友戏称为"一座不甘寂寞的小县城",而来自官方的评价则是"中国最美小城"。

作为公路人,我则更关注这里的路。我担心路没有人走了,担心路也被边缘化了。后来才明白,我的担心是多余的。多年以后,316 国道福兰线、212 省道陇凤线上,每天依旧是车水马龙,川流不息。后来才明白,他们有自然风光的旖旎多姿,有历史文化的深厚积淀,这是什么都无法替代的。单拿 316 国道来说,沿途经过的紫柏山、凤凰湖、灵官峡等自然人文景观,就让人留连忘返。

位于凤县和留坝两县交界的紫柏山,因山上遍生紫柏而得名,享有"岭南独秀""秦岭明珠"之美誉。逶迤延绵数百里,气势磅礴。远视之,只见前首高仰,后驰巨尾,势如腾飞巨龙。山中深处,有溶洞、高山草原、原始森林,更是休闲度假、探险旅游的好地方。

凤凰湖位于凤县县城之内,嘉陵江上,实际也正是 316 国道和212 省道的交汇处,每到夜晚,星光璀璨绚烂,游人如织。如梦如幻的水景灯光音乐表演,满街的羌族舞蹈表演,实在是让人心灵震撼。站在仿古廊桥之上,丰禾山、月亮湾、凤凰山一览无余,歌声、水声、音乐声,声声入耳。一缕微风袭来,让人体验到了月光之城、凤凰之乡、七彩凤县的别样景致。很快,周边的人们在闲暇时,总想去凤县转转,去看看那山、瞧瞧那水。一时间,外省的游客也络绎不绝,不远几百公里驱车赶来看夜景,或者说来看个热闹。

顺着 316 国道出凤县县城,朝西方向行走大约六公里,便可到灵官峡。灵官峡的两侧,碧峰众岭拱卫,峭壁峻丽,古松苍藤,淋漓如蔽。著名作家杜鹏程的名篇《夜走灵官峡》写的就是当年在这里修筑宝成铁路中的小故事。沸腾的工地,有数不尽的英雄人物和事迹,作者选取一个刚刚懂事的孩子作为作品的主人公,通过他们的对话,歌颂工人阶级不畏艰险、忘我劳动、无私奉献的高贵品质。如今《夜走灵官峡》的全文浮雕就立在景区入口处,下面则是当年工人们劳动的浮雕画面,让人看后肃然起敬。宝成铁路是 1952 年 7 月从成都端动工,1954 年 1 月宝鸡端也开始施工,1956年 7 月两端接轨于甘肃黄沙河,1958 年 1 月正式通车。从《夜走灵官峡》和那些浮雕画面中,我们隐隐约约能读到当年工人们施工中的艰辛。

除了人文景观,沿路的自然风光也让人心旷神怡。春见山花烂漫、彩蝶纷飞;夏享林荫凉爽、清泉流水;秋观似火红叶、瓜果飘香;冬看雪压劲松、素裹银妆。当然,作为公路人,在我眼中,最美不过养路工。那一抹抹橘红色的身影,常年穿梭于公路之上,为人民群众的出行保驾护航。在宝鸡公路局凤县公路段副段长陈宏安那里,我了解到,316国道在凤县境内设有四个道班,依次是榆林铺、南星、酒奠梁、张家窑,仅从一个个独特的名字来看,一定是有好故事的。陈宏安介绍说,316国道凤县境内公路一共有三十多名养路工养护,多为山区路段,近几年,来这里休闲旅游自驾游的人特别多,使他们深感任务艰巨,责任重大。越是这样他们越是要把路养好,给大家展示一个最好的路况,让大家走在上边,就犹如进入到公园一样悠闲、自在。他说,宝鸡市提出打造美丽公路,配合地方发展旅游,在公路路域环境整治方面,宝鸡公路局和凤县县政府都给予了他们公路段大力支持。尤其是近两年来在公路两侧整修平台,栽植种植苗木万余株。有时地方政府出苗木,群众出劳力共同完成公路绿化。就在前不久,凤县公路段与县政府共同对留凤关路段全部进行硬化,对张家窑路段全部进行绿化。去年,他们在柴关岭、酒奠梁、西坡路修建了三个风雨亭,为司乘人员提供方便。在危险路段、旅游景点处新增了十多处安全标志,确保游客安全。宝鸡公路管理局更是大力支持,挤出了资金,又为他们配备了专业道路清扫车,每天对全路段清扫一次,使公路保洁达到了常态化。现在,路况好了,干净整洁了,群众共同爱路、护路的意识也增强了,这是大家的功劳。

路不会被遗弃,路就在脚下延伸。无论是古道还是新修道,无论是国道、省道还是县、乡道,随着时间的推移,他的功能可能会发生变化,但是永远不会被人们忘记。就犹如穿越凤县的316国道,她的一路风光,是那么迷人。

脚下的路越变越好

我不知道是汽车的改进在推动着公路的发展，还是公路的升级在加速着汽车革命。

很小的时候，要是去县城，有两个办法：一是步行，大概需要一个半小时；二是搭乘村里的手扶拖拉机，大概需要半小时。于是，闲暇的时候，村里的女人们就会带着孩子，挤上满满一车厢人的拖拉机同去县城赶集。当然，我也坐过几回了，一路拖拉机的突突声，女人们的说笑声，飘遍了公路两边的麦田。那时候坐一次拖拉机是要高兴好几天的。

对公共汽车最早的认识，是来自家里墙上挂着的玻璃像框，里面镶有一幅北京天安门的画，画面的公路上有两辆行驶中的公共汽车。后来在上学的路上看到了真的公共汽车，是那种像面包一样的。

八九岁的时候，终于可以坐一次公共汽车了。记得那一次是过年去舅爷家里，母亲、我、二婶、堂姐四个人在村口等了许久，车来了，但是人太多，不容易挤上去。堂姐最先挤上了车，我们其他几个人没上去，只听得售票员撕破了嗓子似地喊着："坚决不能再上人了，太挤了！"眼看车要开了，我们几个在路边喊着，让堂姐下来，可是她根本没有办法下车，最后还是其他乘客把堂姐从窗户给"送"了出来。

由于车少，等车也给我留下深刻印象。记得一次，父亲带我去参加他同事的婚礼。那是冬天，雪下了已经有一尺厚，因为担心误车，我们只有早早起来，站到路边等。一个小时，两个小时，车还是没有开来，父亲带我在原地跑圈圈、跳高、搓手，在雪地里冻了三个小时。那一次等车，我至今难以忘怀。

　　前不久的一个周末，母亲忽然说，上年龄了，有机会想回老家看看。我立刻响应，电话联系哥和姐，都说那就陪陪老人。于是，我开车拉上一家人，出市区，上高速。一路上，父亲不断提醒我，要把车开慢些，现在路好，车也好，但安全一定要注意。一个半小时，我们就到百十公里以外的老家了。母亲望着车窗外说：你们看，现在下了高速路，又是水泥路，都通到咱们村里了。

　　其实，路在变，车也在变，它们是相互的，都是越变越好了。

被历史遗忘的益门桥

有水的地方必有桥。水叫清姜河,桥叫益门桥。益门是一个村的名字,位于今宝鸡市渭滨区神农镇,是秦岭南麓一个依山傍水的村子。

如果说益门镇因秦岭而多了几分秀气、因清姜河而多了几分灵气的话,那么这座横跨于清姜河上的单孔石拱桥则为大西北这个名不见经传的小地方增添了几分沧桑和厚重。

单孔石拱结构的益门桥始建于民国年间。桥面宽约五点五米,全长约四十余米。坡度较缓、拱跨较大。整个桥身全部用长约一米、宽约零点三五米的条石砌成,石头上刻有简单、粗犷、凝重的线条。

我曾到桥附近的益门二队和那里的老人们聊过,他们告诉我,在桥的两头原来各有两个威风凛凛的石狮子,但如今早已不知去向。至于迷失于何年何月,更是无人知晓。但一些上了年纪的人则说,在益门桥修建前,人们曾在清姜河的上下游建过多个桥,但无一例外地都被大水冲跨。后来有人说,这里叫益门,谐音为一门,修单孔可立,于是就修了单孔拱桥。在施工中,当地老百姓没有修过单孔的,感觉比较危险,工程师设计好后,工人要把百斤重的条石架到桥上,担心连人带石头会掉下来,不敢施工。工程师就想了一个办法,他为了让工人放心,自己就坐在桥下的河床里看书,工人们看到此景,就放心多了。

据镇上的老人讲,桥东头原来立有一石碑,记载该桥的修建情况,但现在找不到了。关于益门桥的故事,我听到两个版本。一说在民国年间,一个道人化缘到此,看到当地百姓被河所困,出行极为不便,便到处游说化缘,最远走到成都,多为商贾捐款,最终得来财物全部用于建桥。另一说是在民国十八年(1929),由西北的一个慈善机构捐款修筑,于民国二十年(1931)十二月建成。两个版本虽然略有差异,但无法改变的是一个友好的主题:修桥即是为了方便过往行人,出家人也罢、慈善机构也罢,善举可嘉。

益门桥如今受损比较严重,在河床以及河堤边有大量的石条,都是桥身所用材料。桥面坑洼不平,东边桥墩下部被水冲成一个蓄水潭,夏天有人经常在此游泳,桥墩近四分之一裸露在外。据当地人讲,在1981年发大水时,东边桥墩略有移位。

新中国成立前,由于川陕公路在桥西,所以益门桥成了西北前往汉中、成都的枢纽桥,无论车马还是脚夫,益门桥都是他们必须经过的一座桥。几十年过去了,如今川陕路改在桥东,此桥现在只供桥西的农民使用,自行车、拖拉机、架子车、小汽车和各种各样的皮鞋、布鞋甚至光脚板仍在这座古老的石桥上川流不息。

人是伟大的,可以改造自然,可以修桥,但人的贡献却只有短短的几十年。而一座坚固的桥却可以贡献上百年,甚至更久远。比如益门桥。

宝鸡是一座历史名城,其境内有渭河及其两大支流千河、清姜河。河流不少,但历史遗留下来的古桥却不多。唯有在民国年间修建的这座石拱桥,如今在乡野间默默地经历着历史的变迁和发展,默默地被人们遗忘着……

陈仓道上的记忆

今晨,秦岭的大风依旧在呼啸,是岁月把历史书翻过了许多页。有人说,故道早都被人遗忘了,而我沿着山脚断断续续的残痕行走,偶尔还发现了悬崖陡壁上的一两个石窟窿。

秦岭被称之为中国南北的分水岭,在古代,沟通秦蜀两地的道路有多条,但历史最为久远,在经济、文化、政治、军事上起作用最大的当属陈仓故道。这条开凿于先秦,兴盛于汉、唐的故道,是由宝鸡(古陈仓)为起点,出大散关,越秦岭,沿故道水(今嘉陵江上源),途经黄牛铺、红花铺、凤州至今凤县,折向留坝,到达汉中。

我曾查阅过《宝鸡古代交通志》,关于陈仓故道的名称来源是:嘉陵江源头原来有两大支流,一条是秦岭南侧故道水,在其附近,古代设有故道县;另外一条顺嘉陵江源头往北,出口直接流向宝鸡,宝鸡古代称为陈仓,因此称之为陈仓故道。

秦末汉初的"明修栈道,暗度陈仓"是非常有名的典故。相传在公元前206年,刘邦采纳大将韩信的计谋,派将领烧毁褒斜栈道,做出去做汉中王而再不回头的架势,暗地里却部署兵起故道的战略方针,迷惑了项羽。他出其不意地率军队翻越柴关岭,过凤岭,兵出陈仓故道,采取里应外合的战术,攻下大散关,并轻而易举拿下了陈仓城,打开了守卫关中平原的大门。然后挥师向东,占领了三秦,奠定了与项羽争雄天下的基础。这一重大历史事件,使陈仓久负盛名。如今,在杨家湾附近的蟠荡山还留下一段传说:当年刘邦行军至蟠荡山弯,遇到一条巨蟒,挡住行军的去路。前面的士兵都惊慌地往后跑,不敢前进,刘邦便向前查看,见到巨蟒后,他把宝剑插到地上,对着巨蟒说:"你看我日后如果有天下的话,你就缠剑而死。"蟒蛇听后,一看是真命天子,便缠剑而死,蛇的身体就变成了今天的蟒荡山。刘邦一看蟒蛇都认为自己会有天下,便鼓舞士气,继续率队前进。传说归传说,但是今天在清姜河这一段河床里,还可以看到成片的红石头。据说是被蟒蛇流下的血染红的。

南宋时期,吴玠吴璘兄弟在和尚塬(今嘉陵江源头附近)和大散关附近的几十余次的交战中,最后击败金兀术,挫败了金军从长江上游迂回而下的战略。面对巍巍秦岭,大诗人陆游也曾发出感叹:早岁那知世事艰,中原北望气如山。楼船夜雪瓜洲渡,铁马秋风大散关。而这首诗现在被刻在大散关景区里的墙上,供游客们回味。民国时期,工程师赵祖康在大散关树碑石刻"古大散关"。

在历史的长河中,故道发生的大大小小战争是难以统计的。到了元明清时代,社会比较稳定,朝廷在故道上建了许多的驿站,如东河驿、草梁驿等。对军事、政治、经济、通信等方面都起过极其重要的作用。

阳光的午后,或者在深山里拨开疯长的杂草,依稀可见故道上静躺的石子;或者可以找到一座烽火台的残型和灰烬;或者是在行军路上捡到士兵遗留的瓷碗碎片和秦砖汉瓦。当然,那些历史的残痕留给我们的只有想象了。

清理涵洞的养路工

　　岁月如歌,时光如水。无论生活还是工作中,那些难忘的、痛苦的、激动的、快乐的记忆,都是一闪而过。前几天,在电脑里翻看一些旧照片,其中有那么一张,却勾起我的回忆。

　　2014 年 7 月,尽管天气炎热,雨水较少,但作为公路人必须要有夏季防汛意识。千阳公路段安排养路工对省道 212 线千阳境内的桥梁、涵洞进行全面检查,并对桥、涵内的淤塞进行清理疏通。

　　那天,我上路巡查,公路段小修作业队几名养路工在一座涵洞口清理垃圾,却不见队长胡军江。我问其他人队长的去向,他们都说,胡队长在涵洞里面呢。我不解,便跳到涵洞口,蹲下身子看个究竟。那个涵洞不大,高度看上去不足一米,宽度不足二米。顺着洞口朝里面看去,借着微弱的光线,我发现胡军江猫着腰,头顶着涵顶,正用短把铁锨将涵洞里的淤泥一点一点铲起来,再倒入身旁一个带轮子的铁皮箱里面,铁皮箱头绑着一根绳子。

　　看着胡队长干活的那股子劲儿,我赶紧拿起照相机,打开闪光灯,抓拍了几张照片。等到外边接应的人用绳子拽出来一箱垃圾后,我喊胡队长也出来歇歇再干。他猫着身子钻出涵洞,长长地舒了一口气,擦了擦额头的汗,原来干净的面庞已经成了花脸。在和他交谈的过程中我才明白,原来涵洞里面太小,一次只能进去一个人,连胳膊都不能伸展,更别说是长把铁锨了。他用短把铁锨清理垃圾后,又用铁皮箱一点一点转运出来,人拉起来费力,于是在铁皮箱下面焊接了三个轮子,再绑一根绳子,每次装满一小车垃圾,洞口的人就拽着绳子朝外拉。

　　我问班上其他养路工,这玩意儿是谁想的办法,他们都说是胡队长,而胡队长却笑着说:"是大家在清理涵洞的过程中想出来的。"他们所负责养护的这段路有十二个小涵洞,不清理的话,遇到大雨,很容易堵塞。我又问:"清理一个涵洞要多久?"胡队长说:"一个涵洞里面垃圾大概五六吨,要用养护车拉满满一车。最小的涵洞三四个人轮换清理,也需要半天时间。"他接着说:"我们最大的一个涵洞清理了三天。"我说:"那你们光清理涵洞就需要十来天时间了。"他说:"这几天没有雨,我们周末就不休息了,连续干,争取一周干完。"

　　或许在有的人眼里,那一个个小涵洞,全在路下隐蔽处,完全没有必要费这么大劲来清理。但在胡队长心里,那些涵洞再小,也要把它们一个一个疏通,清理得干干净净。我想,那不仅仅是胡队长他们爱岗敬业的表现,更是一种对路的深厚情感。我为他们在劳动中彰显出的集体智慧而感到骄傲,更为他们为了把一个小小的涵洞清理干净下的功夫所感动。我还想,有时候我们读报纸、看电视,学习那些文字里的先进人物和事迹,其实身边就有不少的感人故事。如我们这些可爱的养路工,每当你赞扬他们时,他们总是微微一笑:"没有啥,咱就是一个养路工,把活儿干好就行!"

老班长

工作和生活中,总有一些事和人,叫你难忘。比如,我的那个老班长。

那是十几年前一个初夏的午后,我把装在白色化肥袋子里的行李从肩膀放下来,靠在养护道班房檐下的水泥台上,擦了一把额头的汗。

道班院子的水池跟前,一个身材魁梧、穿着橘红色马甲、背上印着"陕西公路"的大脑袋男人正在用汽油擦着胳膊上的黑色沥青,那脑袋上似乎还有些稀稀拉拉的头发。我朝他走去:"师傅,我找叶班长。"他扭过头,额上的皱纹一道一道排列整齐,这才发现我。"我就是,啥事?"那声音洪亮。我说:"我是新来报到的小张。""哦!上午段上打过电话了。欢迎你!"他边说边用肥皂洗手,汽油味弥漫在水池周围。

"厨房紧挨着的房子原来住的老冯去年退休了,你就住这儿吧。"他说。我应了声,便朝他说的那个房子走去。

我用手推了两下门,不是怎么灵活,下边蹭着地,但还是被推开了,一股子发霉的味道扑鼻而来。房子空荡荡的,他随后也进了房子,大概是看我有些不适应的表情,他说:"有些脏,打扫一下就好了,一会儿我叫人从库房领一副床板,再给你搬个桌子。"说完,他就去院子找来笤帚、簸箕,还有他刚才用过的脸盆。我用了整整一个下午的时间,把房子从里到外打扫了一遍。

接下来的几天里,我在扫路面、清水沟、运垃圾的劳动中感受着这个班长的管理"方子"。比如他规定驾驶员每天早晨八点必须发动拖拉机,八点十分准时出发,谁来晚了就自己乘车去工地。在大干期间,大家中午刚放下手里的碗筷,他就站在院子中央,挥一下手里破了檐的草帽,朝那一排平房喊:"走了",而不再喊第二遍。这一点"军事化"管理叫我有些摸不着头脑。后来闲聊,一个工友才说:老班长年轻的时候当过兵,在青藏高原上修过路,那时候也是班长。我这才明白过来,为什么这个人说了就干,而且干每件事情都很认真。在他宿舍兼办公室的墙上有一个夹子,夹着厚厚的一沓文件和公路养护资料,凡是段上来的文件或资料,他都夹在那里面。只要有新的文件送过来,他都要利用午饭后召开短会,他会连文号一起逐字逐句念给大家,最后总要说一句:大家一定要照文件精神好好干活。

半个多月的连阴雨终于结束了,而路面却出现了大量坑槽,此后,我们又从清理水沟转向了修补路面的坑槽。班上六个人用一天的时间备好规范要求的破口石,再用拖拉机从油库拉来了一小罐沥青。随后的一个星期都是"艳阳高照",正是大干的好时机。由于大干,都不能回家了。每天早晨,老班长六点就开始在院子生火,烟雾缭绕中,他粗大的咳嗽声总会把大家唤醒。等我们都起床洗脸的时候,老班长已经把沥青加热了,他将那些备好的破口石加一定比例的沥青在钢板上翻炒,黝黑的胳膊上好像总有使不完的劲儿。于是大家赶紧吃早饭,随后又很快投入到炒料中。

还不到七点,他看了看第一锅炒好的料。就说:"家里问题不大了。"接着就带几个人先去上路了,也就是先去挖路面有病害的地方,挖的四四方方的,后来的人不久也把炒好的料拉来了。

"吃饭是趁热吃,这补坑槽也一样,要趁热补。"他说的这个热,指的是天要热、料要热。为了争取时间,老班长经常会忘记时间,直到肚子饿的咕咕响。每当这个时候,他总会说:"忙的时候大家都辛苦一下,闲下了再好好休息。"于是大家都在盼望着那个闲暇的时候。

单调的工作之余,我们也会找一些娱乐的事情,比如下象棋。班上有个蔡师傅,下棋真是一流的,听说在省上参加公路系统象棋的比赛都拿过奖,班长的目标就是赢他。于是有时候下了班,他们在活动室"厮杀"一回又一回。时而哈哈大笑，时而争得耳红面赤。他们用着书上说的那些象棋术语，我听的似懂非懂，但我能感受到，他们真的是在楚河汉界上对峙。

两年后我离开了这些可爱的工友，去段办公室上班。没多久，老班长的退休时间也到了，我按照程序上报，退休手续很快批了下来。段领导说："干了一辈子了，派个车把老班长送一趟。"临走时候，老班长问我："还有什么手续吗？"我说："没有了。"他又问："有没有个什么退休证之类的？"我说："这些东西没有。"他又问："有没有个什么杯子一类的，上边印上某某单位、某某同志退休纪念？"我笑笑说这个也没有了。他说那就算了，我们握手告别。

有一天，我突然想起以前老班长在道班时常端着那个印着五角星、写着"光荣退伍"的搪瓷茶缸，尽管已经由白色变成了黄色，但老班长端着它喝水时，总是一副神气的样子。那一刻，我恍然大悟，他其实并不是在意单位能给他个什么，或许，他只是想留下一个纪念，在闲暇时候能唤起对人生一段历程的回忆而已。

谨以此文，给老班长留念。

后 记

有时候,人要讲一个故事,说到了与当时背景相同的话题,便会引出下一个类似的故事。就犹如鲁迅先生写道:"我家门口有两棵树,一棵是枣树,另一棵还是枣树。"

许多年以后,作家刘震云的母亲问他:"鲁迅在你们这行里,算'大盖儿'(方言是指'一线')吗?"刘震云说算。他妈就说:"亏我不会写字,如果会,我也能写'供销社有两口大缸,一缸是酱油,另一缸还是酱油'。"刘母当年就在供销社当售货员,整天站柜台卖酱油。

我一直认为自己不会写文章,记忆中仅有的两次作文被老师表扬,其实都和说事有关。第一次是小学,我和同学在引渭渠边玩耍,见到一条血迹,好奇心促使我们顺着河堤一路寻找,走了很久,竟然真的就找到了前晚上的一个"血案",好在没有出人命。后来,我写了长长的一篇"破案"经过,老师叫我站在讲台给同学们念,我以为闯了大祸,不承想老师表扬说,这个记叙文写得好。

另一次是中学。我蹲在宝鸡火车站看骗子把十元钱变成一百元的把戏。那一个下午,骗子把许多人放在红布里的十元钱不仅没有变出百元大钞,反倒给"飞"到马路对面的树上。

我也跟着一群人去马路对面,想看看树上到底有没有钱。大家在树上没有看到钱,于是纷纷回去找骗子算账,骗子早已顺着巷子跑了。等路人散去,骗子换了一个地方又继续重复他的把戏。

那天我整整看了一个下午,直到骗子要给我两块钱做酬谢。我没有要。回家后我写了一篇《变钱记》,充当周末的作业。没两天,我再次被老师叫去,我以为老师说我是骗子的同伙,不料,老师又表扬了我。

　　很多年过去了,我一直认为那两篇作文都只是说事而已,并不是写文章。这就如同后来我要说故乡民国的事,我就得想方设法让自己回到民国。

　　为了让自己回到民国,这些年我多次逃回故乡扶风,穿梭于那里的山河、寺庙、麦田、原野,看一河一川,看古塔遗址,看一砖一瓦,看一叶一茎,寻找先人生活过的足迹。我看到或听到的故乡的人,有活着的,也有死去的。上了年纪的活在深深的回忆里,年轻一代的活在对未来的憧憬和梦想里。

　　走进民国,我才发现民国是故乡人受难的日子。犹如女人生产前的阵痛一样,但又能让人看到希望。我曾在史料里查到扶风城隍庙里有一通刻着"与民休息"的石碑,那是 1933 年国民党县长童曙明离任时,扶风各界人士捐钱为他立的碑。因为童县长是一个好人,在扶风遭受蝗虫灾害期间,他四处求救,且卖掉了在西安的宅院,一心救黎民百姓。

　　高速发达的网络让我意外找到了童曙明的外孙女、西安市政协委员卢兢女士,我邀请她和家人来扶风看看。当她和她的母亲站在那通石碑前时,我才发现那通石碑上边的"与"字不知被何人敲去,只剩下三个字。我解释说,可能毁于"文革"吧。卢兢的母亲却淡淡地说,砸了就砸了,没有啥,她只是听父亲在世时说过有这么一通碑,来看看,了却心愿而已。

　　我不罢休,又去查资料,才知那通石碑刻于 1933 年,到了 1937 年抗日战争爆发,学生冲进县政府,将历代名人石刻全部砸了个稀巴烂,其中就包括那通碑。

　　那天回到家后我一直想不通,那"与民休息"和抗日有什么关系呢?于是我下决心去写故乡的民国,一写就是五六年,但时至今日,我总觉得我对故乡的认识是单调而浅薄的,不敢拿出手,于是一本关于民国的长篇小说就搁浅了。但在本作品集里,我把从故乡了解到的熟悉或不熟悉的人和事儿说一说,也算是对故乡的一个交代。

　　宝鸡是我的第二故乡。不知不觉,我在这座城市已经生活和工作了二十多个年头,对于这样一座有山有水、人杰地灵的城市,也多了一些感悟和认知。大约七八年前,好友胥建礼先生约我为华商报宝鸡版写专栏,起初叫按图索骥,也就是命题作文,主要是围绕宝鸡的人文地理和历史遗迹去写。为此,我每逢周末就游走于宝鸡的山水之间,寻古踏幽,不知不觉,一年下来,断断续续写了二三十篇。于是也就有了古迹拾韵的篇目,有了宝鸡的传说和现实,有先贤和名士,有战争和爱情,也有水的静美和山的豪迈。

路在脚下,路也在心中。我的父亲是一名老公路人。二十世纪六十年代末,他就离开家乡扶风,到秦岭深山的道班用铁锨洋镐养路、修路,后来开大卡车拉沥青石料铺路架桥,一干就是三十多年,直到白发苍苍。我很小的时候,就随父亲在路上行走,看他们用简单的仪器一段段地测量路;看他们开翻斗车拉着料石翻山越岭;看他们在高温天气里热火朝天地铺路;看他们抢修公路时风餐露宿的艰辛。不料想我后来也成了公路人,且重复着父亲的足迹。

工作十六年,也写了一些关于路的文字,其中有砂石路变沥青路、水泥路的喜悦,有脚下路越来越干净和漂亮的自豪,也有成百上千个公路人的朴实和善良、勤劳和智慧的缩影。而公路人的付出,放到今天这个物欲横流社会大环境里,显得那么微不足道,甚至被人们所忽略。

前些日子我乘坐班车,当行至半幅通车的施工路段时,穿着公路标志服的安全员指示班车耐心等待一下,以便修路的一道重要工序进行完。班车上的人就躁动起来,说急着上班不能等的有,说修路占道方法不对的有,说要挡就挡后边车辆的也有。我为那些高低不平的嘈杂声而感到惊讶,人都是怎么了?是把泥泞坎坷下雨能卧牛的路忘记了吗?是把平坦舒适的路走惯了就容不得一刻钟的歇停吗?

再看车窗外,我们公路人正挥锨扬镐地施工,这是清晨,太阳还没有上山头,他们却早已汗流浃背。因此,我不得不继续为自己所从事的这个行业而吟唱高歌。

　　我从来没有想过要当作家，因为从小到大没有谁说我能当作家，包括来村里看相的算命先生。充其量也仅仅被语文老师表扬过两回。但当今天我将这样一本作品集公之于众，呈现给大家的时候，我倒有些彷徨和不安，也有些惊喜和欣慰。彷徨和不安的是，由于我第一次出这样的书，翻箱倒柜地收集了十多年来写的一些文字，有些并没有公开发表过，其中不乏语言的青涩和思想的不成熟，以及运笔的不到位。惊喜和欣慰的是，我崇尚真善美，我将自己的所感、所想、所思、所念，都一一呈现出来，那是心路的轨迹，是真情的流露，使我的心灵反倒有一种释放感。

　　我想，故事怎么发展，就去怎么说吧。因为通过文学名家商子雍和历史学者封五昌老师，以及我写民国时期扶风县长童曙明先生的文章。童县长的外孙女卢兢女士从互联网上又寻找到了失联五十多年的三个表姐和一个表哥，一家人悲喜交集地认了亲。其中一个表姐叫杨扬，是一位旅美多年的资深媒体人，她为我义务校对完此书稿。宝鸡市职工摄影家协会副主席陈皓先生，不辞辛劳，按照文章内容，为我一一配图。陕西省书法家协会副主席、宝鸡市书法家协会主席李晔先生，是我多年的恩师，为我题写了书名。更值得一提的是，陕西省交通作家协会为我们提供这样好的平台。

　　遇到这么多的好人，使我不得不继续写下去，写民国的炊烟，扶风的往事，还有路上的那一缕缕清风。

张永涛

乙未年秋月·渔阳湖畔

图书在版编目（CIP）数据

一路清风 / 张永涛著. — 2版. — 西安 ：太白文
艺出版社，2017.9（2023.2重印）
ISBN 978-7-5513-1217-2

Ⅰ. ①一… Ⅱ. ①张… Ⅲ. ①散文集—中国—当代
Ⅳ. ①I267

中国版本图书馆CIP数据核字（2017）第180127号

一路清风
YILU QINGFENG

作　　者	张永涛
责任编辑	葛　毅
封面设计	李珊珊
版式设计	李洁萌
出版发行	陕西新华出版传媒集团
	太白文艺出版社
经　　销	新华书店
印　　刷	三河市嵩川印刷有限公司
开　　本	787mm×1092mm　1/16
字　　数	135千字
印　　张	14
版　　次	2015年9月第1版
	2017年9月第2版
印　　次	2023年2月第2次印刷
书　　号	ISBN 978-7-5513-1217-2
定　　价	58.00元